AF175534

☆☆☆☆☆

Ringo Trutschke

Null von fünf Sternen

Storys

© 2021 Ringo Trutschke
www.ringotrutschke.de

Lektorat: Susanne Armbruster, Hamburg
www.susannearmbruster.de

Umschlaggestaltung: Charline-Nana Rathje, Hamburg
www.charline-nana.de

Herstellung und Verlag: BoD – Books on Demand, Norderstedt

ISBN 978-3-7557-1603-7

Das Buch

Ringo Trutschke kennt sich aus in der Welt der Verlierer. Die Helden seiner Kurzgeschichten sind versoffene Disco-Aufreißer, Bürosklaven ohne jedes Selbstwertgefühl und Callcenter-Agenten am Rande des Nervenzusammenbruchs. Was die notorischen Unglücksraben jedoch gemein haben, ist ihre unerschütterliche Hoffnung, dass irgendwo hinter all dem Elend doch noch das Glück auf sie wartet – sei es für das ganze Leben oder wenigstens eine Minute.

Der Autor

Ringo Trutschke wuchs in den Achtzigerjahren in der schleswig-holsteinischen Provinz auf. Er war Student, Musiker, betrieb ein Online-Satiremagazin und arbeitete in verschiedenen Callcenter- und Bürojobs. Seit 2012 twittert er unter dem Account @Nacktmagazin. 2020 erschien sein erster Roman *Raketen werden fliegen*. Er lebt in Hamburg.

Inhalt

Angst vor Mädchen

In meinem zweiten Jahr am evangelischen Kindergarten stellte unsere Kindergärtnerin Frau Wölk die ungeheuerliche Behauptung auf, mit Gott sprechen zu können. Jeden Abend vor dem Einschlafen, so berichtete sie, erklinge die Stimme des Allmächtigen in ihrem Kopf, worauf er der zierlichen Erzieherin allerlei gute Ratschläge für ihren Berufsalltag, ihr Privatleben oder knifflige Bibelstellen erteile. Der Haufen Fünf- und Sechsjähriger um sie herum war schwer beeindruckt, so eine hohe spirituelle Gabe hatten wir von unserer kleinen Frau Wölk nicht erwartet. Krönung des religiösen Offenbarungseids aber war ihre Beteuerung, dass *jeder*, also wir Knirpse eingeschlossen, Kontakt zu Gott aufnehmen könne, einzige Voraussetzungen: Man müsse nur *fest an ihn glauben* und *ihn in sein Herz lassen*.

Das klang einfach! Den ganzen Nachmittag über war ich extrem aufgekratzt, die Stunden bis zum Zubettgehen zogen sich hin wie *Hubba-Bubba*-Kaugummi. Endlich war das Abendbrot eingenommen, die *Sesamstraße* gesichtet und die kariöse Kauleiste geputzt, in meinem mit *Panini*-Sammelbildern beklebten Kinderbett machte ich mich bereit zur Kontaktaufnahme. Als ein Bett weiter schließlich mein großer Bruder Erik zu schnarchen begann, schloss ich feierlich die Augen und wartete auf die Stimme in meinem Kopf.

Dummerweise meldete sich niemand. Nur Geduld, dachte ich, vielleicht war Gott noch im Gespräch mit einem anderen Kind aus der Nachbarschaft, in Kürze würde die Leitung frei werden. Als nach ein paar Minuten immer noch nichts in unserem Kinderzimmer zu hören war außer Eriks nasalen Zumutungen und dem gedämpften Geräusch des Fernsehers aus dem nahe gelegenen Wohnzimmer, versuchte ich, der Sache Nachdruck zu verleihen. »Gott?«, hauchte ich zaghaft in Richtung Kinderzimmerdecke. Keine Antwort. Vielleicht muss ich Gott noch mehr in mein Herz lassen, dachte ich in meiner Verzweiflung, hatte aber letztlich keinen Schimmer, wie ich das bewerkstelligen könnte. Bevor ich enttäuscht einschlief, ärgerte ich mich ausgiebig über die blöde Frau Wölk und ihre leeren Versprechungen.

Nun gab es allerdings ein oder zwei Sachen, die ich wirklich ganz gern mit dem lieben Gott ausdiskutiert hätte. Da war beispielsweise Erik. Warum, Herr im Himmel, hattest du ihn erschaffen? Mein zwei Jahre älterer Bruder litt damals enorm unter ADHS, sein ganzer Daseinszweck schien darin zu bestehen, seine Umwelt mit sich in den Abgrund zu reißen. Im Zentrum seiner Rasereien und hysterischen Tobsuchtsanfälle stand ich, der kleine, brave und liebe Bruder. Erik konnte mich nicht ausstehen, hatte ich doch die ihm bis zu meiner Geburt noch vollständig zugeteilte Aufmerksamkeit schlagartig auf mich gelenkt. Nun verübte er grausame Rache, indem er mir das Leben zur Hölle machte. Erik versteckte meine Spielsachen oder zertrat sie, er fraß mir die Süßigkeiten weg, er kritzelte über meine Bilder und zerriss meine Bastelarbeiten, er kratzte, kniff und biss, er schlug mich mit Stöcken und Tennisschlägern, er warf Bälle, Steine und Spielzeugautos nach mir, er riss meinem geliebten Teddybären die Arme und Beine ab. Neiderfüllt blickte ich auf die Geschwisterpaare in der Nachbarschaft, sie alle schienen sich gut zu verstehen und spielten voller Harmonie miteinander. Einmal sah ich die Thews-Brüder, wie sie Hand in Hand lachend durch die Straßen liefen. *Hand in Hand!* Wenn Erik meine Hand nahm, dann meist in der Absicht, mir mehrere Finger zu brechen. Mein ganzer fünfjähriger Körper war übersät mit Narben, Schürfwunden und Blutergüssen, die der Kotzbrocken mir zugefügt hatte.

Und meine Eltern? Die waren unglücklicherweise der Ansicht, dass harte Strafen einen unverzichtbaren Beitrag zu erfolgreicher Kindererziehung leisten würden. Wenn ich Eriks Schandtaten meldete und meine Eltern ihn nach kurzem Tribunal mit Fernsehverbot, Stubenarrest oder Ohrfeigen bedachten, fachte das seinen brüderlichen Hass umso mehr an. So bewegten wir alle uns in einem Teufelskreis aus Gewalt, Strafe und Rache, die Sonne ging über unserer Vorstadt unter und wieder auf, aber Erik war immer da, jeder Tag wartete mit neuen Schmerzen und Schikanen wie ein böser Traum, und der ach so liebe Gott schien sich einen Scheißdreck darum zu kümmern.

So unglaublich es angesichts dieser Zustände klingen mag, im Nachbarhaus lebte eine Familie, die noch merkwürdiger war als wir. Das Heim der Kromats war sprichwörtlich von allen guten Geistern verlassen, hier hing der Haussegen nicht schief wie bei uns, es hatte nie einen gegeben. Herr Kromat war ein kränklicher Frührentner, der praktisch ganztägig auf dem Sofa im Wohnzimmer hockte und in den Abendstunden klagende, jaulende Laute ausstieß, die durch das halb geöffnete Fenster in die Dämmerung drangen. Außerhalb der vier Wände sah man ihn selten, denn Hof- und Gartenbereich waren der Lebensraum seiner Gattin, einer Frau von nahezu grotesker Hässlichkeit, von der ich mit gutem Grund annahm, dass sie eine Hexe sei. Frau Kromats bulldoggenartiges Gesicht war stets zu einer missgelaunten Fratze verzogen, sie kommunizierte generell in einem schrillkeifenden Tonfall, und nie verließ ein freundliches oder gar liebevolles Wort ihren mit windschiefen gelben Zähnen gespickten Mund. In den Augen der Furie loderte eine unbändige Wut, mit ihrem Blick schien sie Löcher in Wände schneiden zu können, ich war überzeugt, auf der Stelle zu Staub zu zerfallen, falls ich ihr direkt in die Augen schaute. Tagein, tagaus stampfte die Vorstadthexe durch die weitläufigen Gemüsebeete hinterm Haus und rupfte mit wütenden Handgriffen Möhren und Radieschen aus der verdorbenen Erde, als würde sie selbst das unschuldige Gemüse inbrünstig verachten. Dass im Garten der Kromats überhaupt etwas Essbares heranreifen konnte, war erstaunlich genug, vielmehr hatte man das Gefühl, dass alles Lebendige in einem Radius von mehreren Metern um Frau Kromat augenblicklich verdörren und verdampfen müsste.

Mindestens ebenso unerklärlich schien es, dass die Kromats zwei Töchter hatten. Sonja war die ältere und aufgewecktere der Schwestern, sie machte sich sogar leidlich gut in der Schule, aber das half ihr auch nicht weiter. Wenn Sonja zum Beispiel freudestrahlend »Mama, ich hab 'ne Zwei in Deutsch!« in den Garten schmetterte, fauchte die Drachenmutter nur »Und warum hast du keine Eins?« zurück. Sonja kapierte schnell, dass es diesen Außenposten der Hölle so schnell wie möglich zu verlassen galt, daher ließ sie sich, kaum achtzehnjährig, von ihrem arbeitslosen Freund schwängern und zog mit ihm in eine heruntergekommene Sozialwohnung am Stadtrand, was im Vergleich mit dem Kromat-Haus immer noch einem Leben im Paradies gleichkam.

Noch schlimmer war es um Beate bestellt, die etwas jünger als ich war und in die *blaue* Gruppe des Kindergartens ging. Beate war nahezu krankhaft schüchtern und saß meist abseits und gedankenversunken auf einer der Bänke, während wir anderen übermütig auf den Klettergerüsten herumturnten. In der Tat hatte Beates Dasein wenig Erfreuliches zu bieten, denn Frau Kromat hasste offenkundig so ziemlich alles an ihrer Tochter. Oft hockte ich nachmittags nach dem Kindergarten hinter unserem Klofenster und belauschte mit einer Mischung aus Mitleid und erregender Neugier, wie Frau Kromat ihre apokalyptischen Wutreden auf die Bedauernswerte losließ, meist gefolgt von einer Serie klatschender Geräusche, welche wiederum das unsagbar traurige Gewimmer Beates nach sich zogen.

»Spielt ja nicht mit den Kromat-Schwestern, das gibt nur Ärger«, hatten meine Eltern Erik und mir eingetrichtert, und da wir miteinander schon Ärger genug hatten, hielten wir uns fern von ihnen und ihrem Unglück – bis die Sache auf dem Sandplatz passierte.

In unserer Nachbarschaft gab es seit Kurzem ein Baugrundstück, auf dem nach und nach ein neuer Hort trauten Familienglücks entstehen würde. Trotz (oder gerade wegen) strengster elterlicher Verbote schlichen wir Kinder des Viertels immer wieder auf den Bauplatz, der mit seinen Sandhügeln, Gräben und Schutthaufen unserem Spieltrieb unendliche Möglichkeiten bot. Bald schon traf jeden Nachmittag eine feste Gruppe von etwa einem Dutzend Jungs zwischen fünf und sieben Jahren auf dem Gelände zusammen. Erik hatte sich, nachdem er eine kurzlebige Gegenbewegung unter Christian Thews niedergeschlagen hatte, als Anführer auf unserem neuen Spielplatz etabliert, eine Position, die seinem autoritären und geltungssüchtigen Charakter wie auf den schlaksigen Leib geschrieben war. Bevorzugtes Spiel an den staubigen Nachmittagen war Krieg. Zwei Gruppen wurden gebildet, die in der sozialen Rangfolge höherstehenden landeten in Eriks Kolonne und spielten die Deutschen, die Kleineren und Schwächeren (zu denen auch ich gehörte) mussten sich mit der Rolle der Russen begnügen. Während das deutsche Heer bestens mit Gewehren und Pistolen aus Plastik ausgerüstet war, mussten in den Reihen der russischen Armee Schaufeln oder Stöcke als Bewaffnung herhalten. Stundenlang rannten wir wie im Fieber durch selbst ausgehobene Schützengräben, gingen hinter Erdhaufen in Deckung und warfen imaginäre todbringende Handgranaten. Dass ungefähr die Hälfte der Spielzeit dafür draufging, auszudiskutieren, ob jemand tot war oder nur einen Streifschuss erlitten hatte, tat unserer Freude an dem martialischen Live-Rollenspiel keinen Abbruch.

Eines sonnigen Frühlingstages, wir waren gerade mal wieder mit Begeisterung dabei, die Geschichte des Zweiten Weltkriegs umzuschreiben, erschien zu unser aller Überraschung Beate auf dem Bauplatz. Was um alles in der Welt hatte sie hier verloren? Schüchtern schlich sie an unserem Schlachtgetümmel vorbei, ließ sich in einer Ecke nieder und begann, Sand in einen abgenutzten Plastikeimer zu schaufeln, wobei sie immer wieder neugierig zu uns herüberlugte.

Nach und nach unterbrachen wir unsere Kampfhandlungen. Ein Eindringling auf unserem Kriegsspielplatz, und noch dazu ein Mädchen! Es war klar, dass hier Anführer Erik durchgreifen musste. »Einer muss hingehen und die wegjagen!«, bestimmte der Feldherr. Er hob seinen knochigen, überaus langen Zeigefinger und ließ ihn langsam durch unsere Runde wandern.

»DU!«

Eriks grausamer Finger war auf meine Nasenspitze gerichtet. Niemand von uns mochte Mädchen, und mein geisteskranker Bruder hatte ausgerechnet mich dazu auserwählt, den undankbaren Job zu erledigen. Der kleine Mistkerl wusste ganz genau, dass ich in panischer Angst vor Mädchen lebte und Mühe haben würde, mir vor Scham nicht die Latzhose einzunässen. Mein kraftlos dahingejammertes »Menno!« änderte nichts an der Entscheidung des Sandplatzdiktators. Das Gespött der Gruppe ließ nicht lange auf sich warten: »Na, dann geh mal rüber zu deinem Schatz!« – »Torsten plus Beate, Torsten plus Beaaate …!«

Ich hätte nach Hause flüchten und mich hinter meinen *Fix-und-Foxi*-Heften verkriechen können, aber es war absehbar, dass der Zweite Weltkrieg in diesem Fall künftig ohne mich stattfinden würde. Außerdem bot sich hier die einmalige Chance, in der militärischen Hierarchie aufzusteigen. Eventuell wäre sogar der Wechsel in die Reihen der Deutschen für mich drin, wenn ich unseren uneingeladenen Gast vertriebe? So ging ich gesenkten Kopfes zu Beates Ecke hinüber, meine Plastikschaufel in den angstverschwitzten Händen.

Die Unerwünschte ließ ihrerseits ihr Sandspielzeug sinken, schaute mich ganz ruhig an und sagte nichts. Jetzt war es still auf dem Schlachtfeld, alle hielten den Atem an. Über uns flimmerte die Sonne. Eine staubige gelbe Luft hing zum Schneiden dick über dem Sandplatz.

»Du … du musst hier weg«, murmelte ich, wobei ich nicht wagte, Beate anzusehen.

Sie sagte immer noch nichts. Schließlich blickte ich sie doch an und sah, dass sie langsam, aber entschieden den Kopf schüttelte. Die Kromat-Tochter widersetzte sich!

»Hau ab!«, zischte ich jetzt und hob, um meiner Forderung Nachdruck zu verleihen, drohend die Schaufel, aber Beate hörte nicht auf, stoisch ihren kleinen blassen Kopf zu schütteln.

Ich war vollkommen ratlos, was nun zu tun war. Aufgeben und zu den Jungs zurückkehren war keine Option: Als Feigling, der nicht mal ein kleines Mädchen von einer Baugrube vertreiben konnte, wäre ich äußerst unehrenhaft aus unserer kämpfenden Truppe entlassen worden. In mir brodelte eine verzweifelte Wut. Wusste Beate eigentlich, in was für eine Situation sie mich brachte? Wie sie so dasaß und die Lippen zusammenpresste, musste ich plötzlich an die Visage von Frau Kromat denken, ihren hassverzerrten Mund, aus dem tausend Schlangen zu kriechen schienen. Die Schlangen mussten weg, Frau Kromat musste weg, Erik musste weg, der Sand und die schwitzende Sonne, alles musste weg. Vor allem musste Beate weg. Die Welt war grausam und gelb wie der Nachmittag, und Erlösung war nicht für uns vorgesehen.

Ein oder zwei Momente vergingen, in denen ich wie weggetreten war, dann plötzlich erklang dieses Wimmern, das ich schon so oft vernommen hatte. Ich sah, wie etwas hinter Beates Ohr hervorkroch. Es sah aus wie ein dunkelroter Wurm, der sich über ihre Wange nach vorn wälzte. Ich hatte es gar nicht richtig mitbekommen, aber offenbar hatte ich ausgeholt und Beate mit der Schaufel geschlagen. Während sie weinend und blutend über den Bauplatz davonlief, hörte ich in meinem Rücken ausgelassenes Jubelgeschrei. Anscheinend hatte ich mich absolut korrekt verhalten. Und wirklich: Für den Rest des Nachmittags bekam ich eine richtige Spielzeugpistole ausgehändigt und durfte bei den Deutschen mitkämpfen. Nach und nach vergaß ich Beates Gewimmer und den roten Wurm, während ich mich in den Schützengräben mit Feuereifer ins Zeug legte.

Am Abend jedoch, Erik und ich kauten gerade bei unserer Lieblingssendung *Knight Rider* üppig belegte Wurstbrote, klingelte es an der Haustür, und die zeternde Stimme von Frau Kromat schallte durch unser Haus. Erik grinste mich schadenfroh an. Natürlich, Beate hatte gepetzt! Meine Eltern waren keine große Hilfe, sie ließen sich kurz Bericht erstatten und lieferten mich ohne lange Diskussion an den Feind aus. Ich musste der Hexe ins Hexenhaus folgen, der größte anzunehmende Albtraum. Nicht einmal heulen konnte ich, so taub war alles in mir. Dass ich aus dem Haus der Kromats wieder lebendig zurückkehren würde, schien mir außerhalb aller Wahrscheinlichkeiten. Ich erwartete, dass mich die Kromat-Sippe in Mehl wenden, in ihren Backofen schieben und in einem wüsten Gelage aufessen würde.

Herr Kromat stand schon mit galliger Miene im dunklen Flur, als ich im Schlepptau seiner Gattin zum ersten Mal das verwunschene Anwesen betrat. Feucht und muffig roch es hier, nach Tod und Verwesung. Die

Kromats bewohnten einen Sarg, der von außen als Einfamilienhaus getarnt war. Ich musste hinter Frau Kromat eine schmale Treppe hinaufsteigen, deren schwarzes Messinggeländer eiskalt war. Die Kälte kroch in meine kindlichen Glieder und schien sie von innen auszuhöhlen.

Oben jedoch bot sich mir ein unerwarteter, seltsamer Anblick: Beate lag am Ende des Flurs auf einer Art Matratzenlager. Wieso war sie dort aufgebahrt worden? Warum lag sie nicht in ihrem Zimmer? Möglicherweise hatte es hier bereits regen Besucherverkehr von Ärzten oder Verwandten gegeben. Die Verletzte war dick eingemummelt in eine Wolldecke und hatte einen Verband um den Kopf, der mich an einen Turban erinnerte, auf Höhe ihres linken Ohres schimmerte ein kleiner Blutfleck durch. Zu meiner größten Verblüffung hielt sie einen *Monchhichi* umklammert, eine bei Kindern sehr beliebte Affenpuppe, der man ihren eigenen Plastikdaumen in den Mund stecken konnte. Nie im Leben hätte ich gedacht, dass Herr und Frau Kromat ihrer Tochter Spielzeug kaufen würden, und ein niedliches kleines Äffchen schon gar nicht. Während mich Beate aus ihren verweinten Augen nur stumm anschaute wie vorhin auf dem Sandplatz, legte mir Frau Kromat eine Entschuldigungsformel vor, die ich im Wortlaut wiederholen musste: »Entschuldige bitte, Beate, ich mache es nie wieder!« Atemlos stolperte das Geforderte aus mir heraus. Nach ein paar keifenden Einschätzungen bezüglich meines offenbar restlos verdorbenen Charakters durfte ich schließlich das Horrorhaus verlassen, worauf ich die frische Luft gierig einsog wie jemand, der um ein Haar erstickt wäre.

Ein paar Tage vergingen, ohne dass der Vorfall weitere Ereignisse nach sich zog. Interessanterweise hielten es meine Eltern nicht für nötig, mich ihrerseits zu bestrafen: Möglicherweise erachteten sie meinen Besuch im Haus der Kromats als Buße genug, vielleicht waren sie insgeheim auch stolz darauf, dass ihr sonst so zartbesaiteter Sprössling dem Kromat-Balg ordentlich eins übergebraten hatte.

Dann aber trommelte Frau Wölk morgens zu Kindergartenbeginn unsere Gruppe zusammen. Sie wirkte ernst und streng, was eigentlich nur dann der Fall war, wenn einer von uns Rabauken etwas ausgefressen hatte. »Kinder«, rief Frau Wölk in die Runde, »ich möchte mit euch über Gewalt sprechen. Wer kann mir sagen, was Gewalt ist?«

Unsere Streberin Doris Felgenhauer meldete sich. »Das ist, wenn man einem anderen wehtut!«

»Genau, Doris«, sagte Frau Wölk, »zum Beispiel wenn man ein anderes Kind schlägt oder tritt oder schubst. Ihr habt vielleicht gesehen, dass Beate aus der blauen Gruppe einen Verband auf dem Ohr hat. Jemand war sehr böse und hat sie mit einer Schaufel geschlagen, und dieser jemand war einer von uns – Torsten war das!«

Was für eine Bloßstellung! Am liebsten wäre ich geschmolzen und in einer Ritze im Boden versickert. Doch die erbarmungslose Pädagogin ließ nicht locker. »Ihr erinnert euch ja noch, was ich euch neulich erzählt habe, dass Gott alles sieht, was hier auf der Erde passiert, er sieht alles, was wir machen, und auch, wenn wir etwas Böses tun. Gott mag es gar nicht, wenn wir Gewalt anwenden, und er ist jetzt sehr böse auf Torsten, weil er Beate mit der Schaufel geschlagen und sie verletzt hat.« Da saß ich nun, mit gesenktem Kopf inmitten der Kindergartengruppe, die nun ein Gerichtssaal war, zweiundzwanzig vorwurfsvolle Augenpaare auf mich gerichtet. Ich hatte bereits arge Mühe, meine Tränen zurückzuhalten. »Torsten, damit Gott nicht mehr böse auf dich ist, wirst du dich bei ihm entschuldigen müssen. Sprich mir nach: *Bitte, lieber Gott, entschuldige, dass ich Beate mit der Schaufel geschlagen habe!*«

Seltsam, aber nun, da ich mich zum zweiten Mal für meine Tat entschuldigen sollte, verwandelte meine Scham sich plötzlich in pure Wut. Wie ungerecht das alles war! Ich hatte doch gar nichts dagegen gehabt, dass Beate auf dem blöden Bauplatz abhing, das alles war Eriks Idee gewesen. Ich konnte ja nicht einmal sagen, warum ich Beate geschlagen hatte, es war einfach irgendwie passiert, so wie die Sonne schien oder Wind wehte oder Vögel tot vom Himmel fielen. Wozu waren die ganzen Entschuldigungen gut? Wem war damit geholfen? Von ihrer Mutter wurde Beate in aller Regelmäßigkeit verdroschen, ohne dass Frau Kromat sich vor irgendwem rechtfertigen musste. Fahrig murmelte ich also mal wieder meine Entschuldigung zusammen, vor allem, damit endlich Schluss mit dem Schwachsinn war. Frau Wölk aber durchschaute mich natürlich. »Noch einmal, Torsten. Das kam noch nicht *aus tiefstem Herzen!*«

Ich brauchte drei weitere Anläufe, bis Frau Wölk beziehungsweise ihr himmlischer Komplize meine Entschuldigung annahm. Dann bekam ich bescheinigt, dass Gott mir verziehen habe, und wir kehrten zur gewohnten Tagesordnung zurück. Heute standen Fingerfarben auf dem Programm, wobei ich mit viel Wut in den Fingern einen dicken dunkelroten Wurm malte.

Später spielten wir draußen im Hof, jedoch nicht so ausgelassen wie sonst und ohne die üblichen Schubsereien und Rangordnungskämpfe. Seit ein paar Tagen hatte sich im Kindergarten das Gerücht verbreitet, dass man den Boden nicht berühren dürfe, da irgendwo in Russland ein Ding namens *Schernobbel* explodiert und der Boden daher verseucht sei. Während wir gelangweilt herumlungerten, saß Beate wie immer als stille Beobachterin auf ihrer Bank in der Ecke. Statt des Turbans trug sie nur noch ein Pflaster auf dem verletzten Ohr. Auch ich lugte immer wieder neugierig zu Beate hinüber, und schließlich trafen sich unsere Blicke zwischen den Pfeilern des verwaisten Klettergerüstes. In ihrem Gesicht lag überraschenderweise kein Groll, keine Bosheit, im Gegenteil: Beate lächelte mir zu! Es war ein eigenartiger Anblick, denn ich hatte sie noch nie lächeln sehen, wer weiß, vielleicht war es das erste Lächeln ihres Lebens, ihr ganzes Gesicht schien zu leuchten vor Zärtlichkeit. Frau Wölk und der liebe Gott hielten jetzt die

Klappe, denn Beate sprach zu mir mit diesem Lächeln, das wirklich *aus tiefstem Herzen* zu kommen schien, und es sagte: Danke, Torsten, danke für alles! Danke für den Schlag mit der Schaufel, für die Gewalt und das Blut, für den kuscheligen, warmen Abend oben auf dem Flur, für den Turban und das Matratzenlager, für die Wolldecke und den *Monchhichi*, für diesen einzigen Tag Liebe!

Dann riefen uns die Erzieherinnen herein, da es zu tröpfeln angefangen hatte. Man hatte uns ermahnt, auch den Regen zu meiden, da dieser mutmaßlich *sauer* sei. Die Mutigen von uns streckten tolldreist die Zungen heraus und probierten, wie der Regen schmeckte. Auch bei mir siegte schließlich die Neugier über die Angst, und ich ließ mir ein paar Tropfen in den Mund fallen. Er schmeckte kein bisschen sauer. Wieder so eine Sache, bei der die Erwachsenen uns schamlos belogen hatten.

Die Pille

Der Brechreiz kam überraschend, ließ jedoch keinen Spielraum für Interpretationen. Hastig stellte Malte sein halb volles *Astra* auf dem Tresen ab, ließ seine Zigarette auf die Tanzfläche fallen und rempelte sich seinen Weg aus dem *Ex-Sparr*.

Er hechtete an den Koksdealern vorbei, lief einen Slalom um eine Gruppe gackernder Girls und erreichte gerade noch rechtzeitig das vergitterte Tor vor dem Hinterhof des Sexshops, wo er eine vertraute Haltung einnahm: Mit beiden Händen die rostigen Eisenstangen umklammernd, breitbeinig, den Kopf gesenkt. Seine Pose erinnerte an eine öffentliche Auspeitschung, und in gewisser Hinsicht war es das auch.

Alles in ihm krampfte, als die ätzend-scharfe Flüssigkeit, die mal Bier gewesen war, aus den Abgründen seines Körpers hervorschoss. Seine Kehle brannte, als würde er Feuer spucken. Ein großer Schwall ging zwischen den Gitterstäben nieder, es roch augenblicklich nach Fäulnis und Verwesung. Der qualvollen Entleerung folgten drei weitere, dann endlich entspannten sich seine Organe wieder.

Maltes Wahrnehmung kehrte zurück: Zu seiner Rechten vernahm er das höhnische Gelächter der afrikanischen Dealer, links machten ein paar Säufer vor dem *Goldenen Handschuh* abfällige Bemerkungen bezüglich seiner Alkoholverträglichkeit. Auf der anderen Straßenseite vor dem *Lucky Star* stellte ein junger Türke lautstark das Paarungsverhalten seiner Freundin infrage. Es war ein durch und durch gewöhnlicher Abend auf dem Hamburger Berg.

Wie oft nach einer Kotzattacke fühlte Malte sich schlagartig nüchtern, ein Umstand, den er ausgesprochen missbilligte. Außerdem hatte er bisher nicht rumgeknutscht, geschweige denn hatte ihn eine betrunkene Biologiestudentin in einem Hauseingang unter ihr *H&M*-Top gelassen – der Abend war, wenn man so wollte, eindeutig ausbaufähig.

Malte erwog, ins *Ex-Sparr* zurückzugehen, wo ihn kurz vor dem Zwischenfall eine leider schon grauhaarige Frau ziemlich unverblümt angebaggert hatte, sein Wunsch nach jungen, unverbrauchten Körpern aber zog ihn ins *Roschinsky's*. Er steckte sich eine Zigarette an, die er mehr paffte als inhalierte, um den Kotzgeschmack loszuwerden, dann ging er die mit Kneipen und Gratisclubs gesäumte Seitenstraße der Reeperbahn hinunter.

Das *Roschinsky's* hatte offenbar einen neuen Türsteher angeheuert: Einen höchstens fünfundzwanzigjährigen Schlägertypen, der wie der aggressive kleine Bruder des gutmütigen Gorillas aussah, welcher sonst den Eingang des Baggerschuppens bewachte. »Na, Kumpel, wie geht's dir?«, fragte der glatzköpfige Prolet.

»Mir geht's bestens!«, log Malte und versuchte, mit souveräner Handbewegung die Türklinke zu ergreifen, das Ghetto-Kid jedoch packte ihn an der Schulter: »Guck mich mal an, bitte!«

Da er keine andere Wahl hatte, sah Malte dem Türsteher mit einem bescheuerten Gesichtsausdruck in die Augen. So in etwa hatte er sich den Eingang zur Hölle vorgestellt. Da er sich im Laufe des Abends mehrfach mit Koks aufgefrischt hatte, mussten seine Pupillen astronomische Ausmaße angenommen haben.

»Na gut, benimm dich!«, sagte der Riese zu Maltes Überraschung.

Er macht seinen Job nicht richtig! war das Erste, was ihm durch den Kopf ging, dann schob Malte sich schnell durch die massive Holztür, bevor der Türsteher seinen Irrtum korrigieren konnte.

Im Inneren des *Roschinsky's* herrschte eine Gluthitze, Malte empfing ein zum Schneiden dicker Gestank aus Zigarettenqualm, Schweiß und längst verendeten Deos. Der Laden war derart überfüllt, dass sämtliche Gäste zu einer einzigen wabernden Menschenmasse zusammengewachsen schienen, dazu tauchte eine eigenwillige Beleuchtung die Szenerie in ein schmutziges rostbraunes Licht. Malte erfuhr einen kurzen Moment absoluter Klarheit: Das hier *war* eindeutig die Hölle.

Nachdem er sich mühsam durch den glitschigen Pudding aus Twentysomethings zum Tresen geschoben hatte, waren seine Unterarme klatschnass von den Ausdünstungen anderer, ein Engländer schrie ihm in sperrigem Yorkshire-Akzent eine Drohung hinterher, von der er nur *fucking* und *Bastard* verstand.

Die Theke war umlaufend in die Mitte des Raums gebaut, sie ragte wie eine rettende Festung inmitten der Heerschar betrunkener Dämonen auf. Malte bestellte zwei *Astra* auf einmal und trank das erste sofort in zwei Zügen. Schlagartig wurde die Schwitzgrotte von einem lebensfeindlichen Ort zu einem, an dem es sich durchaus aushalten ließ. Er bediente sich an den Salzstangen, mit denen listige Clubbetreiber den Getränkekonsum der Kundschaft optimierten, und kaute gründlich, um den sauren Geschmack in seinem Mund endgültig zu vertreiben. Die Salzstangen waren Gold wert: Im *Rosch* hatte noch nie eine seiner Knutschbekanntschaften irgendeinen Verdacht geäußert, wenn er zuvor dem Gittertor einen Besuch abgestattet hatte.

In lässiger Körperhaltung, mit dem Rücken an die Theke gelehnt, begann nun das alte Spiel: Opfer auswählen, Blickkontakt suchen, möglichst ohne den Umweg über ermüdende Konversation zum Abschluss kommen. Das *Search and Destroy* der Disco-Aufreißer.

Die Wirkung des Alkohols schien stärker denn je zurückzukehren: Ihm wurde ein wenig schummrig, sein so geschulter Blick für passende Sexpartnerinnen war seltsam trüb, eigenartigerweise hatte er Mühe, das Alter der Tanzenden einzuschätzen. Für gewöhnlich lag der Altersdurchschnitt im *Roschinsky's* im mittleren Zwanzigerbereich, heute aber kamen ihm die enthemmt zu *Mando Diao* abrockenden Party-People fürchterlich jung vor, wie Teenager fast, die sich elterlichen Verboten zum Trotz aus den Kinderzimmerfenstern der Elbvororte hierhergeschlichen hatten.

Das ist der Scheiß mit dem Älterwerden, dachte Malte: Erst kürzlich hatte ein Saufkumpel im *Ex-Sparr* geklagt, dass ihm mit fortschreitendem Alter die Kiezbesucher immer jünger vorkämen. Auch Malte fühlte sich in Gegenwart der Horde von Azubis und Abiturienten in der Blüte ihrer Jahre jetzt wie eine verschrumpelte, faulende Frucht. Vielleicht bleiben mir für das hier noch ein oder zwei Jahre, dachte er. Und dann? Er musste an die Wracks vor dem *Goldenen Handschuh* denken, an Bordellbesuche, Single-Reisen nach Thailand. Wieder wurde ihm etwas übel.

Während er mit dumpfem Gesichtsausdruck in den Dancefloor hineinbrütete, schälte sich einer der Körper aus der Fleischmasse: Eine Rothaarige, fast koboldhaft klein, entstieg dem Pulk und kam direkt auf ihn zu. Das ging ja schnell, dachte Malte, sein Körper versetzte sich augenblicklich in höchste Handlungsbereitschaft. Während er sich noch mögliche Gesprächseröffnungen zurechtlegte, geschah der größte anzunehmende Glücksfall: Die Unbekannte legte ihre zierlichen Ärmchen um seine Taille und küsste ihn.

Obgleich von der Plötzlichkeit der Ereignisse überrumpelt, wusste Malte natürlich, was zu tun war, gekonnt reagierte er auf ihre Bewegungen. Es war ein fantastischer Kuss, intensiv, erotisch und dabei erstaunlich gefühlvoll, sie schwammen sozusagen auf derselben Welle.

In einer kurzen Atempause besah er sich, was da in ihn hineingelaufen war: Das kleine Wesen schien kaum älter als fünfundzwanzig, rotblond, ein keltischer Typ, die nach vorn spitz zulaufende Nase mit Sommersprossen gesprenkelt. Ihr Gesicht hatte etwas Schelmisch-Verwegenes, in einer Studenten-Sitcom hätte sie die Rolle des intelligenten Bücherwurms bekommen, der zu schlau für wahllose One-Night-Stands und zu kompliziert für eine Beziehung war.

Malte gefiel all das ausgesprochen gut, aber am besten gefiel ihm, dass er sich schlagartig um Jahre verjüngt fühlte. Da er nicht recht wusste, worüber sie hätten reden können, küsste er sie wieder, und eigentlich gab es in ihrer Situation ja auch nichts zu bereden: Konversation war, so Maltes Überzeugung, in der Hauptsache zur Anbahnung des Geschlechtsverkehrs erfunden worden, jetzt, wo dieser doch wohl schon mehr oder weniger feststand, war sie letztlich so nutzlos, wie der Rothaarigen noch einen Drink zu spendieren.

In einer weiteren Knutschpause ergriff sie dann doch das Wort. Sie sagte das einzig Richtige, den magischen Satz, der in diesem Moment die Lösung sämtlicher Welträtsel war: »Kommst du mit raus?«

Zur Antwort ergriff er ihre winzige Hand, die in seiner Pranke nahezu zu verschwinden schien, und führte sie aus dem düsteren Labyrinth ins Freie.

Im milchigen Morgenlicht wirkte seine Bekanntschaft dann doch ein wenig älter, wahrscheinlich war sie sogar älter als er selbst: Erste zarte Fältchen waren um ihre Augenpartie auszumachen, sie mochte die Dreißig bereits überschritten haben.

Noch bevor er sie der Form halber nach ihrem Namen fragen konnte, drangen erneut Worte der Weisheit aus ihrem Mund: »Komm, wir teilen uns ein Taxi!«

Ihre Wohnung lag in Eppendorf, einem Viertel, in dem er bislang eher gut situierte Akademiker vermutet hatte. Vor einem mächtigen weißen Altbau mit verschnörkelten Balkons stiegen sie aus.

»Was muss man arbeiten, um hier wohnen zu können?«, fragte er etwas plump.

»Ich bin Chemikerin. Aber du kannst Clara zu mir sagen«, gab sie lächelnd zur Antwort. »Oder, falls du möchtest, Frau Doktor.«

Wieder kam sie ihm etwas älter vor, vielleicht war sie eher Ende als Anfang dreißig, aber das kümmerte Malte kaum: Alkohol und Kokain hatten seine Ansprüche an eine potenzielle Sexpartnerin inzwischen auf ein Niedrigmaß heruntergeschraubt, zudem war die Nacht bereits in einem Stadium angekommen, das man in Fachkreisen auch als *Resteficken* bezeichnete.

Nachdem er ihr offenbar fabrikneues Gästeklo benutzt hatte (sie war seine erste Eroberung mit Gästeklo), trat er zu ihr ins Schlafzimmer. Clara hatte die Vorhänge zugezogen, anscheinend bevorzugte sie Sex im Dunkeln wie so viele Frauen mittleren Alters, denen die Kosmetikindustrie erfolgreich eingebläut hatte, dass der Anblick von mehr als zwei Schwangerschaftsstreifen bei Männern Fluchtreflexe auslösen würde.

In der Tat hingen ihre Brüste schon ein wenig, dennoch bekam Malte ohne Probleme eine Erektion. Er fingerte sie mit geübten Handgriffen und kam zum Schluss, dass seine Gastgeberin mehr als bereit war für das Highlight des heutigen Abends. Um die mit Kondomen gespickte Geldbörse aus seiner Jeans zu holen, knipste er die Nachttischlampe an.

Malte zuckte zusammen: Vor ihm lag eine Frau von mindestens fünfzig Jahren, die Haare mehr grau als rot, die Haut sandpapierartig, schlaff von Gesicht und Hals herabhängend. Sie sah ihn ruhig und traurig an, als hätte sie keine andere Reaktion von ihm erwartet.

»Sag mal, wie alt bist du eigentlich?«, schoss es aus ihm hervor, es klang eher wie ein Vorwurf als eine Frage. Seine Hände zitterten.

»Hey, ganz ruhig. Kein Grund, gleich durchzudrehen«, sagte Clara mit sanfter Stimme. »Weißt du, ich habe so eine Reaktion erwartet. Die meisten Männer reagieren so, glaub mir. Allerdings ...« Sie holte eine kleine Metalldose aus dem Nachttisch und fischte eine weiße Tablette heraus. »Allerdings hätte ich mir schon gewünscht, dass die Wirkung etwas länger anhält. Wahrscheinlich muss ich noch an der Dosierung feilen.« Clara hielt ihm die Pille zwischen Daumen und Zeigefinger entgegen.

»Was ... was zum Teufel ...?«, stammelte Malte konfus.

»Wie ich schon sagte, ich bin Chemikerin, aber diese Sache hier ist mein privates Projekt. Sind unzählige Feierabende und Wochenenden für draufgegangen, aber die letzten Feldversuche verliefen eindeutig positiv. Ach so, um auf deine Frage zurückzukommen: Ich bin 59, Chéri.«

Sie gab ihm die Tablette, die nicht anders aussah als das, womit er nach grenzwertigen Kieznächten seine Kopfschmerzen bekämpfte.

»Du willst doch nicht sagen ... Du hast ernsthaft eine Pille erfunden, die jünger macht?« Malte hatte augenblicklich das Gefühl, etwas Kostbares, ja Heiliges in den Händen zu halten. »Ich fass es nicht! Ich meine, im *Rosch* vorhin hab ich wirklich gedacht, du wärst fünfundzwanzig oder so ... Wahnsinn! Ist dir klar, wie reich du damit werden kannst?«

»Natürlich, aber es geht mir bei meiner Forschung nicht um Geld. Eher darum, eines der ältesten und schlimmsten Probleme der Menschheit zu lösen.« Sie richtete den Blick auf ihren Körper und hob demonstrativ eine Brustwarze, um ihre schlaffe Brust kraftlos zusammensacken zu lassen.

Malte war vollkommen aufgedreht, er hatte das Gefühl, live dabei zu sein, wie Geschichte geschrieben wurde. »Wie lange dauert das, bis die Wirkung einsetzt? Ich meine, nimm doch jetzt noch mal eine, ich würde gerne mal ...«

»Moment mal, mein Junge!«, unterbrach Clara ihn. »Wie kommst du darauf, dass *ich* die Pille genommen habe?«

Malte glotzte sie dämlich an. »Wie, du meinst ...?«

»Genau, Mr. Loverboy, *du* hast die Pille genommen. Vor etwa zwei Stunden habe ich sie dir im *Ex-Sparr* ins Bier getan. Du erinnerst dich vielleicht, wir hatten sogar kurz Blickkontakt, aber ich hab gleich an deinem Blick gesehen, dass du mich für zu alt hältst.«

»Ich ... also, ich wollte ...«, murmelte Malte verlegen.

»Muss dir nicht peinlich sein. Ich kenne das, ich kenne diesen Blick seit Jahren ...« Gedankenverloren spielte Clara mit einer Locke ihres grauroten, erloschenen Haars. »Weißt du, das ist das Problem mit dem Älterwerden: Der Körper verfällt, die Haut macht schlapp und die Organe verfaulen, aber die Seele ... Die Seele altert nicht. Sehnsucht bleibt immer jung, egal, wie alt du wirst. Sie brennt in dir und lässt sich nicht zähmen, dagegen gibt es keine Pille ... Ich habe dich beobachtet, deinen rastlosen, suchenden Blick, die ersten Anzeichen von Verzweiflung. Aber du hast mir gefallen, ich fand, du bist ein süßer Kerl, ein wenig kaputt vielleicht, aber sicherlich nett und im Bett ganz anständig. Deswegen hab ich dich ausgewählt, mein Hübscher ...« Sie zwickte ihn neckisch in die Wange, als wäre er ein Kleinkind. Malte starrte nur wirr auf ihre blütenweiße Bettwäsche. »Es handelt sich um ein leichtes Halluzinogen, das auf die Wahrnehmung einwirkt, besonders auf die Art, wie wir andere Menschen wahrnehmen. Nebenwirkungen sind, wie du erfahren hast, Übelkeit und Erbrechen, aber dennoch hat es ja ganz ordentlich gewirkt bei dir. Ich bin dir ins *Rosch* gefolgt, und als wir uns dort wiedertrafen, warst du bereits völlig drauf ...«

»Du meinst, du hast eigentlich die ganze Zeit ... ausgesehen wie ... wie jetzt?«

»Bingo, Casanova! Ich war genauso alt und verwelkt, wie ich es jetzt bin, nur dass du mich als eins von den Teeniegirls gesehen hast. Du kannst mir glauben, wir waren die Attraktion des Abends im *Rosch*. Weißt du, du könntest immerhin mein Sohn sein.«

»Deswegen kamst du mir auch immer älter vor auf dem Heimweg ...«

»Du hast es erfasst. Wie gesagt, ich muss unbedingt noch an der Dosierung feilen. Bis wir damit die Welt retten können, wird es noch eine Weile dauern. Du glaubst ja nicht, wie lange so ein Wirkstoff bei den Pharmafirmen unter Verschluss gehalten wird. Vielleicht erlebe ich die Markteinführung gar nicht mehr ...«

Malte legte seinen Arm um Clara, die Wunderpille immer noch in der Hand. Auf einmal empfand er eine Mischung aus Mitgefühl und aufrichtiger Zuneigung für die alte Frau, er verspürte den dringenden Wunsch, sie zu trösten. »Sag mal, Clara: Spricht eigentlich was dagegen, dass ich jetzt einfach noch eine nehme?«

Lächelnd nahm sie die Pille aus seiner Hand und fuchtelte damit vor seinem Mund herum wie bei der Fütterung eines Babys. Er schluckte die vollkommen geschmacklose Tablette hinunter und erwartete gespannt die Verwandlung.

»Eine Frage hätte ich noch, Frau Doktor.«

»Ja, Mr. Loverboy?«

»Könntest du mir vielleicht ein paar von den Pillen mitgeben?«

Malte stand rauchend vor dem Café und war etwas nervös. Ob er schon bereit für sie war? Er warf einen Blick in den Innenraum: Die Frauen sahen allesamt ziemlich gut aus. Das beruhigte ihn, und seine Angst wich prickelnder sexueller Vorfreude. Seit er vom Kiez-Aufreißen auf Online-Dating umgestiegen war, konnten sich seine amourösen Erfolge sehen lassen: Innerhalb von zwei Wochen hatte er Dates mit vier Frauen gehabt, von denen drei sich schon beim ersten Treffen bereitwillig von ihm verführen ließen.

Endlich bog das Taxi um die Ecke. Malte öffnete die Beifahrertür und half Johanna aus dem Wagen: Sie sah genauso wunderschön und sexy aus wie beim ersten Treffen, er spürte sofort, dass er heute auf seine Kosten kommen würde.

»Du bist ja ein richtiger Gentleman, Malte!«, sagte sie mit einem unanständigen Unterton, bei dem ihm augenblicklich das Blut in den Unterleib schoss. Er würde heute nicht unbefriedigt zu Bett gehen, so viel war sicher.

Aus dem Inneren des Cafés drang dezente Walzermusik. Der Fahrer holte die Gehhilfe aus dem Kofferraum, dann begaben sich Malte und Johanna langsam zur Eingangstür, neben der eine Stelltafel in schwungvoller Schrift *HEUTE SENIOREN-BINGO!* verkündete.

Hotel Neptun

Die Berufsfachschule für digitale Medien war im Schulzentrum Hamburg-Horn untergebracht, einem nüchternen Siebziger-Jahre-Bau mit vielen straffen Linien und scharfen Kanten. Ich musste an den Werbeprospekt einer der überteuerten Privatschulen denken, die ich auf der Suche nach einer Ausbildung im Bereich Webdesign abgeklappert hatte: »Der Duft von Kreativität und Ideen weht durch die Gänge des Gebäudes ...«

Hier jedenfalls wehte mir gar nichts entgegen. Nichts deutete darauf hin, dass an diesem Ort kommende Leistungsträger der New Economy herangezüchtet würden. Die staatliche Berufsfachschule bot jedoch zwei entscheidende Vorteile: Man musste nicht einmal eine Bewerbungsmappe abgeben, und die zweijährige Ausbildung kostete keinen müden Cent. Noch am Tag der Zusage hatte ich mein verhasstes Germanistikstudium an der Uni Kiel für beendet erklärt und ausgiebig meinen bevorstehenden Umzug in die Medienmetropole Hamburg begossen.

Eine überaus strahlende Zukunft lag vor mir: Ich würde mich auf Staatskosten zum Internetprofi ausbilden lassen und meine Freizeit dazu nutzen, mein eigenes ehrgeiziges Online-Projekt voranzutreiben. Während meines Studiums hatte ich die Idee für ein Internet-Satiremagazin entwickelt, mit dem ich zeitnah durchzustarten gedachte, lediglich das technische Know-how für die Umsetzung fehlte mir noch. Im Jahre 2003 schossen private Spaßseiten wie Pilze aus dem Boden, mit einer halbwegs cleveren Marketingstrategie würde das *Mega Magazin* ein Hit im Internet und ich einer dieser Internetmillionäre werden, die mit Mitte zwanzig auf Ibiza ein Leben als zugekokste Frührentner führten. Wenn ich so über meinen Plan nachdachte, kam er mir fast schon ein wenig zu perfekt vor. Irgendwo musste bei der ganzen Sache doch der Haken sein. Aber wo?

Die Einführungsveranstaltung fand in der Aula statt. Im Flur davor warteten ungefähr sechzig Leute darauf, dass irgendwer die große Tür aufschließen würde. Ich schaute erst einmal nach, ob ich mich vielleicht in der Uhrzeit oder im Datum geirrt hatte: Der allergrößte Teil dieser Knallköpfe war höchstens siebzehn. Der Infobroschüre hatte ich zwar entnommen, dass man für die Zulassung zum Ausbildungsgang *Digitale Medienassistenz* nur einen halbwegs guten Realschulabschluss brauchte, trotzdem hatte ich zumindest ein paar Mitschüler erwartet, die Fahrzeuge lenken und wählen gehen durften. Mit gerade mal zweiundzwanzig kam ich mir vor wie ein Opa.

Ich musterte verstohlen meine künftigen Mitschüler und sah eine Horde Halbwüchsiger mit Hautproblemen, *Linkin-Park*-Shirts und zu großen Hosen. Unter den

Jungs war der Typ Möchtegern-Gangsterrapper besonders stark vertreten, bei den weiblichen Exemplaren dominierten die Emo-Girls. Einige von ihnen musterten mich ebenso irritiert wie ich sie. Ich war eine Art Alien, ein gescheiterter Student unter einem Haufen Teenager. Das konnte ja heiter werden.

Schließlich erschien ein koboldartiger Mann mit Säufernase, offensichtlich der Hausmeister, und sperrte kommentarlos die Tür auf. Ein paar Sekunden später saß ich in der Aula auf einem der Plastikstühle. Der Kobold schloss die Tür, und die Zeremonie begann.

Als Erstes hielt der Schuldirektor eine ausschweifende Begrüßungsansprache. Der feiste Glatzkopf, ausgerechnet König hieß er, war allem Anschein nach ein ausgesprochenes Arschloch. Ich spürte schon bei den ersten Sätzen, dass es Ärger mit ihm geben würde. Mit eiskalter Stimme referierte Direktor König von »qualifizierenden Ausbildungsinhalten für die digitale Werbe- und Medienwirtschaft« und guckte die verängstigte Meute dabei an, als würde er sie im Anschluss an die Veranstaltung fressen wollen. Offenbar führte der Unhold ein strammes Regiment. Ich nahm mir vor, mich vor ihm in Acht zu nehmen.

Nach ungefähr einer Viertelstunde ging die große Tür plötzlich noch einmal auf, und zwei seltsame Gestalten schlichen in die Halle. Der eine war ein schlaksiger Hip-Hopper mit roter Baseballmütze, der andere war einen Kopf kleiner und sah mit seinem Kindergesicht und dem wirren Lockenkopf wie ein totaler Volltrottel aus.

Alle Augen waren auf das ungleiche Paar gerichtet. Direktor König unterbrach seine Rede, um den beiden einen hasserfüllten Blick zuzuwerfen. Es hätte mich nicht gewundert, wenn er sofort einen Notizblock gezückt und sich die Namen der Störer notiert hätte.

Gefühlte fünf Stunden lang wurden wir über die großartige Qualität der praxisnahen Ausbildung zum *Assistenten für digitales Mediendesign*, aber auch über unsere bescheidenen Berufsaussichten in der von brutalen Konkurrenzkämpfen geprägten Medienbranche instruiert. So langsam verstand ich, warum der Ausbildungsgang bei Realschülern so beliebt war: Nach zwei Jahren digitalem Mediendesign konnte man ein Jahr Fachabitur mit Schwerpunkt Gestaltung dranhängen, dann durfte man an die Fachhochschule. Möglicherweise hatten die meisten meiner Mitschüler es eher aufs Abi als auf eine berufliche Laufbahn im Online-Business abgesehen.

Dann wurden die Anwesenden in drei Klassen aufgeteilt. Jeder Name wurde laut vorgelesen: Nico Jensen, Klasse *Dig-02*. Ein bisschen war es wie beim Militär: *Kadett Jensen, Infanterie, zweites Bataillon.* Die Armee der angehenden arbeitslosen Digitaltrottel.

Unser Klassenraum sah genauso aus wie in jeder anderen staatlichen Schule, mit dunkelgrüner Tafel, einem ziegelsteinförmigen Schwamm und verschiedenfarbigen Kreiden. Sogar ein Overheadprojektor stand in der Ecke. Auf einer der kostenpflichtigen Eliteschulen würde jetzt wahrscheinlich an jedem Platz das persönliche *MacBook* bereitstehen und ein gewaltiger Plasmabildschirm hinge an der Wand. Wir hingegen würden vermutlich die Entwürfe für unsere Webseiten mit Kreide an die Tafel malen müssen.

Außer mir schienen in der Klasse *Dig-02* lediglich zwei Schüler die Volljährigkeit erlangt zu haben: Ein kauziger John-Lennon-Verschnitt, der mit gelangweilter Miene unentwegt Graffitis in ein Skizzenbuch kritzelte, und der hagere Hip-Hopper, der vorhin zu spät gekommen war. Immerhin war ich nicht der einzige Oldie in dem Laden. Zum Glück hatte jeder von uns einen kleinen Einzeltisch, sodass ich mich mit niemandem unterhalten musste.

Unser Klassenlehrer stellte sich als Herr Nowotny vor. Er schien ein menschenfreundlicher Typ zu sein, man hätte sich ihn in keinem anderen Beruf vorstellen können denn als Lehrer an der Berufsschule. Wie sich herausstellte, unterrichtete er uns in *Wirtschaft und Politik* – beides Sachgebiete, die mich nicht die Bohne interessierten. Ich konnte mir kaum vorstellen, dass so ein nutzloses Fach an der *Design Academy* unterrichtet wurde.

Dann bekamen wir unsere Stundenpläne ausgeteilt. Meine Laune hellte sich etwas auf: Es waren gerade mal 28 Wochenstunden. Vielleicht würde ich den Unsinn ja doch durchziehen, vormittags Zeit absitzen und nachmittags am *Mega Magazin* schrauben.

Schließlich folgte die obligatorische Vorstellungsrunde. Die meisten meiner Klassenkameraden kamen wirklich frisch von der Realschule und machten keinen Hehl daraus, dass sie vor allem wegen der Aussicht aufs Fachabi hier waren. Wie zu erwarten gewesen war, hatte kaum einer von ihnen schon mal so etwas wie eine Homepage gebaut. Vor zwei Stunden hatte ich noch geglaubt, eine Horde nerdiger Internetjunkies anzutreffen.

Der John-Lennon-Lookalike war mir von Anfang an sympathisch. Er hatte eine etwas lethargische Art und schien ebenso wie ich nicht allzu begeistert von seiner Ausbildungsstätte zu sein. Jakob, so hieß er, hatte schon mehrere Praktika und Freelancerjobs in verschiedenen Agenturen hinter sich und plante, sich irgendwann selbstständig zu machen. Zudem bewohnte er eine WG im Partyviertel St. Pauli, ein weiterer Pluspunkt.

Der Kleinere der beiden Zuspätkommer war ebenfalls in meiner Klasse. So einen wie ihn hatte ich noch nicht erlebt. Der seltsame Lockenkopf war angezogen wie ein Achtjähriger und hörte auf den unmöglichen Namen Franz. »Meine Eltern haben mir den Namen Franz gegeben, weil das ein Name ist, den man sich leicht merken kann!«, verkündete er gleich zu Beginn seines Vortrags. Den ersten Mitschülern fiel bereits die Kinnlade runter. Dieser Franz war angeblich achtzehn Jahre alt und schien auf eine gewisse Art geistig zurückgeblieben zu sein. Wie er seinen Realschulabschluss an der Gesamtschule geschafft hatte, war mir absolut schleierhaft.

Es fing damit an, dass er *aufstand*, um sich vorzustellen. Warum machte er das? Ich traute meinen Augen und Ohren kaum. Franz redete wie ein hysterisches Kind und gestikulierte dazu mit unpassenden, verkrampften Handbewegungen. Er war hypernervös, sein ganzer Körper schien unter Strom zu stehen. Zwischendurch musste er immer wieder Luft holen und sich konzentrieren, wobei er sich wild die Haare raufte.

Wo um Himmels willen war dieser Kerl ausgebrochen? Besonders auffällig war Franz' Angewohnheit, zwischen zwei Sätzen schmatzende Geräusche von sich zu geben. Die ganze Klasse war völlig perplex. So einen Freak traf man außerhalb einer geschlossenen Anstalt nicht alle Tage. Wie ich es verstand, war Franz von seinem Vater auf die Medienschule geschickt worden, weil der so etwas wie eine künstlerische Ader in seinem Sprössling vermutete. Außerdem war der arme Franz auf seiner letzten Schule gemobbt worden. »Und ich hoffe, dass ich hier besser behandelt werde!«, rief er, wobei er seinen irren Blick durch die Klasse schweifen ließ. Geballte Fassungslosigkeit auf den Rängen. Ich hoffte, dass dieser Schwachkopf keine Neigung zu Egoshootern und Zugang zum Waffenschrank seines Vaters hatte. Franz schien mir das komplette Gegenteil eines normalen Menschen zu sein.

Dann war der erste Tag auch schon rum. Feierabend, um gerade mal kurz nach zwölf. Offenbar wollte man unsere jungen Hirne nicht unnötig überfordern. Mich beschlich die Ahnung, dass ich an dieser Schule nicht unbedingt umkommen würde vor Arbeit.

Auf dem Weg zur U-Bahn unterhielt ich mich mit dem Hip-Hop-Typen. Er hieß Dirk und war sogar ein Jahr älter als ich. Dirk war erst vor wenigen Tagen aus Baden-Württemberg hergezogen. »In Hamburg gibt's die besten Hip-Hop-Konzerte«, erklärte er mir. »Eigentlich hör ich aber eher *Aggro Berlin*. Kennst du *King Orgasmus* oder *Frauenarzt?*«

»Nee, mit Hip-Hop kenn ich mich echt nicht so aus.«

»Dann bring ich dir mal 'n paar MP3s mit. Wart mal, ich geh mir noch schnell was zu trinken holen.«

Wir gingen in den kleinen Kiosk des U-Bahnhofs, wo Dirk sich zu meiner heftigen Überraschung eine Dose *Beck*'s kaufte. Es war immerhin gerade mal zwölf Uhr mittags. Eigentlich hatte ich mir die während meiner Studentenzeit etwas ausgeartete Sauferei mehr oder weniger abgewöhnt, jetzt aber griff ich mir aus Solidarität mit meinem Klassenkameraden auch eine Dose. Hoffentlich liefen hier keine Lehrer herum, unser Feierabendbier am Bahnsteig würde vielleicht nicht den allerbesten Eindruck machen. Irgendjemand hätte ein Foto von uns beiden machen sollen, Bildunterschrift: *Mein erster Schultag.* Ich beschloss, der Sache noch eine Chance zu geben.

Der erste richtige Schultag begann im Computerraum mit einem Fach namens *Medienproduktion.* Ich war hundemüde, denn nach dem Rückfallbierchen mit Dirk war ich ohne Umschweife wieder zu meiner Gewohnheit zurückgekehrt, weit nach Mitternacht mit mehreren Litern Bier im Blut schlafen zu gehen. Ohne viel nachzudenken, pflanzte ich mich auf den erstbesten freien Platz. Einen

Tick zu spät fiel mir auf, dass ich mich ausgerechnet neben Franz gesetzt hatte. Das fing ja gut an.

Der Lehrer, Herr Schrader nannte er sich, war eine unsympathische Arschkrampe, etwa Mitte vierzig. Angeblich hatte er *jahrelang sehr erfolgreich* in einer Werbeagentur gearbeitet und offenkundig nicht die geringste Lust, uns Flachpfeifen Webdesign beizubringen. Ich verstand nicht ganz, warum Herr Schrader ausgerechnet Berufsschullehrer geworden war. Er schien uns und die ganze Schule inbrünstig zu verabscheuen.

Dann der nächste Schock: Die Geräte, an denen wir arbeiten mussten, waren keine normalen Computer. *iMac* stand auf dem kantenlosen Plastikgehäuse. Wie uns Herr Schrader im schärfsten Nazi-Tonfall erklärte, waren die stylischen Rechner in der Werbe- und Medienbranche das gängige System. Herr Schrader jedenfalls schien einiges auf den *Apple* zu halten und hängte gleich mal einen zornigen Vortrag über die furchtbare Firma *Microsoft* hintendran. Bill Gates hielt er offenbar für einen größeren Schurken als Hitler.

Unsere erste Unterrichtseinheit befasste sich mit einem Programm namens *Photoshop.* Auch hier wies uns Herr Schrader darauf hin, dass das Programm sozusagen das Nonplusultra in der von ihm so heiß geliebten Werbe- und Medienbranche sei.

Nach anfänglichen Komplikationen kam ich ganz gut mit dem Programm zurecht. Wir bekamen die Aufgabe, ein Quietscheentchen auszuschneiden und neu einzufärben. Bisher hatte ich meine bescheidenen grafischen

Ergüsse mit einem sperrigen *Microsoft*-Programm zusammengefrickelt. Dieses *Photoshop* hingegen wirkte richtig professionell. Vielleicht würde sogar ein mäßig begabter Möchtegerndesigner wie ich damit etwas zustande bringen.

Nach ungefähr einer halben Stunde stand Franz urplötzlich auf und fing an, vor seinem Platz herumzuhampeln. Der Irre war wirklich für so einige Überraschungen gut. »Ich kann mich grad nicht mehr so konzentrieren!«, rief er in die Klasse. Seine Augen flackerten, es hätte mich nicht gewundert, wenn er Schaum vor dem Mund gehabt hätte. Was für eine Show! Franz trippelte nervös in der Mitte des Raums hin und her und ruderte wild mit den Armen, während er tief ein- und ausatmete. Möglicherweise eine Art Entspannungsübung, die ihm seine Nervenärzte beigebracht hatten.

Herr Schrader starrte den Verrücktgewordenen ratlos an. Man konnte sich vorstellen, dass er in diesem Moment mal wieder seine Berufswahl verfluchte. Schließlich griff der Pädagoge hart durch und schickte Franz im Stil eines Bundeswehroffiziers auf seinen Platz zurück. In der kämpfenden Truppe wäre Herr Schrader in der Tat besser aufgehoben gewesen. Mir fiel auf, dass er sogar optisch einige Ähnlichkeit mit dem erbarmungslosen Ausbilder aus *Full Metal Jacket* hatte.

Um zwölf hatten wir eine halbe Stunde Pause. Dirk schlug vor, irgendwo draußen eine Tüte zu bauen, und ich ging mit. Zwar kiffte ich schon seit Ewigkeiten nicht mehr, aber es gab ja sonst nichts weiter zu tun. Früher auf dem Gymnasium hatte ich in den Pausen auch nichts mit mir anzufangen gewusst, blöde in der Pausenhalle herumgestanden und Löcher in die Gegend gestarrt.

Wir verließen das Schulgebäude und überquerten die Straße. Dort gab es einen kleinen Park, na ja, eher eine Rasenfläche mit zwei Bänken und ein paar Bäumen drum herum. Dirk wühlte angestrengt in den Untiefen seiner Hosentaschen. Wie bei jedem Hip-Hopper war seine Jeans zwei bis drei Nummern zu groß. »Shit, ich hab keine Blättchen mehr!«

Ich erinnerte mich, dass es in der Nähe der U-Bahn-Station eine *Shell*-Tankstelle gab. Dirk kaufte seine *OCB*-Blättchen und zwei Schokoriegel. Dem Kiffer-Klischee entsprechend, hatte er anscheinend eine Schwäche für Süßigkeiten.

Dann entdeckte ich das Schild: *Unser 50 Cent Pils.* Es hing über mehreren Paletten dunkelgrüner Bierdosen mit der Aufschrift *Neptun.* Warme Erinnerungen an alte Studentenzeiten in Kiel stiegen in mir auf, wo mir das preiswerte Tankstellenbier ein treuer Begleiter in allen Lebenslagen gewesen war. Ich bekam sofort Durst. Dirk sah, wie ich das Bier anstarrte. »Trinkst du eins?«, fragte er. Wir zögerten beide einen Moment, griffen dann aber fast gleichzeitig eine Dose. Sicherheitshalber kaufte ich noch eine Packung Kaugummis.

Im Park hatte sich irgendein Schwachkopf mit seiner Spraydose vergnügt. Auf einer der Bänke stand in dicken schwarzen Buchstaben *ICH HASSE MICH* quer über die Lehne geschrieben. Doch damit nicht genug: Gegenüber auf einem Stromkasten stand großflächig der Satz *ICH WILL NICHT MEHR LEBEN.*

»Der Typ hat anscheinend nicht den allerbesten Tag gehabt«, stellte ich fest. Der perfekte Ort, um die großen Pausen zu verbringen! Höchstwahrscheinlich hatte hier einer der künftigen digitalen Medienassistenten seiner Verzweiflung Luft gemacht.

Dann tranken wir unser Bier, und Dirk rollte seinen Joint. Es war ein herrlicher Sommertag, nach ein paar Schlucken *Neptun* war ich für einen Moment richtig glücklich. Aller Voraussicht nach lagen zwei äußerst geruhsame Jahre vor mir.

»Dieser Franz ist ja echt mal 'n Freak«, sagte Dirk.

»Das kannst du laut sagen. Wie er vorhin aufgestanden ist und seine Entspannungsübungen gemacht hat, herrlich.«

»Hast du mitgekriegt, wie wir gestern zu spät in die Aula gekommen sind? Das war Franz' Schuld. Ich hab die Aula gesucht und seh den Typen voll verplant durch die Gänge laufen. Na, dachte ich so, ich frag den mal. Statt zu antworten, fragt der mich: ›Weißt du, wo meine Klasse ist?‹ Und wie wir dann so die Aula suchen, labert er mich die ganze Zeit voll, dass er beim Tag der offenen Tür schon hier war, aber alles wieder vergessen hat, weil er zu viel gekifft hat in letzter Zeit.«

»Wie, du meinst, Franz ist 'n Kiffer?«

»Ey, was meinst du, warum der Freak so verplant ist? Guck dir mal seine Augen an ...«

»Vielleicht sollten wir Franz mal mit in den Park nehmen.«

»Geil, dann haben wir immer 'nen Pausenclown dabei.«

Wir tranken das Bier aus und steckten die Pfanddosen ein, immerhin je 25 Cent. Ein weiterer Grund, morgen wieder zur Tanke zu gehen.

In der folgenden Doppelstunde hatten wir ein Fach namens *Technische Grundlagen*. Als Lehrkraft hatten sie einen weißhaarigen, ungefähr siebzigjährigen Opa geschickt. Ähnlich wie Herr Schrader war der Typ vollkommen humorlos, aber ohne dessen sadistische Ader. Der Greis schien eher bereits ein bisschen senil. Wir hatten jeder einen uralten Rechner auf unserem Tisch stehen und bauten unter Anleitung des Opas die Einzelteile aus. Sinn und Zweck dieser Unterrichtseinheit verstand ich nicht ganz: Wir schraubten hier an klapprigen PCs herum, während in den Agenturen ja angeblich nur *Macs* herumstanden, die zudem laut Herrn Schrader ja nie kaputtgehen würden. Dirk hingegen gefiel das Fach offenbar ziemlich gut, er baute den Arbeitsspeicher und den Prozessor aus und ließ beides in seinem Rucksack verschwinden. »Das stell ich nachher bei *eBay* ein«, lachte er. Ich war von Sadisten, Geisteskranken und Kleptomanen umgeben. Möglicherweise war ich ja doch auf der richtigen Schule gelandet.

Der Beitrag der Berufsfachschule zum Aufbau meiner eigenen Website blieb zunächst bescheiden. Erste wacklige Gehversuche in Sachen HTML hatte ich schon als Student unternommen, und im Fach *Medieninformatik* begannen wir sozusagen bei null. Wie in einem Kindergarten für Webdesigner bastelten wir schwerfällig mit Tags und Tabellen herum. So blieb ich nebenher Autodidakt und durchpflügte bis spät in die Nacht HTML-Foren und Webmaster-Communities. Bald stand das Grundgerüst der Seite, und ich machte mich mit Feuereifer daran, die Welt mit meinem skurrilen Geschreibsel zu beglücken.

Zur Anfertigung unserer Hausaufgaben mussten wir ein Softwarepaket erstehen, das uns die Schule zum Vorzugspreis von 120 Euro anbot. Und ich hatte gedacht, auf dieser staatlich subventionierten Schule würden sie einem sogar die Radiergummis zahlen.

»Eure Eltern können das von der Steuer absetzen«, versprach Herr Nowotny. »Das sind für eure Berufsausbildung notwendige Auslagen!« Beinahe hätte ich nachgehakt, ob man auch Pfandbelege von der *Shell*-Tanke einreichen könne.

»Ich hab die ganzen Programme schon«, verriet mir Dirk nach der Stunde. »Mein Onkel hat in Freiburg 'ne Agentur. Kann ich dir auch brennen. Ist zwar nicht ganz legal, aber scheiß drauf.«

»Coole Sache«, sagte ich. Ich war in Versuchung, mir trotzdem die 120 Euro von meinen Eltern geben zu lassen und in *Neptun* umzusetzen, verwarf den Gedanken aber schnell wieder.

Im Fach *Informationsdesign* wurden wir von einer zierlichen Frau von schwer bestimmbarem Alter unterwiesen. Frau Wittrock hatte brandrote Haare und einen fröhlichen Gesichtsausdruck, sie wirkte wie eine gutmütige Kräuterhexe. In der Hauptsache ernährte sie sich von einem obskuren Getränk, das sie in einer Plastiktrinkflasche mit sich führte. Dirk und ich stellten die unterschiedlichsten Theorien über die Zusammensetzung des Gebräus auf. Möglicherweise war es eine Art Verjüngungstonikum oder mit Halluzinogenen versetzter Heilschlamm, eventuell hatte sie auch einfach *Neptun*-Pils von der *Shell*-Tanke darin abgefüllt.

In den ersten Stunden beschäftigten wir uns mit den Grundlagen der Typografie, was mich sogar einigermaßen interessierte, schließlich feilte ich seit Wochen erfolglos an einem vernünftigen Logo für meine Website. Mit einer besonderen gestalterischen Begabung war ich eindeutig nicht gesegnet, ich würde mir alles hart erarbeiten müssen.

Als Einziger von uns hatte offensichtlich Jakob etwas auf dem Kasten. Unablässig kritzelte er seine schrägen Graffitis. Ob er nachts in den Straßen von St. Pauli als Sprayer unterwegs war? Er schien mir ein interessanter, aber auch sehr verschlossener Typ zu sein. An manchen Tagen sagte er so gut wie gar nichts. Jakob war mit hoher Wahrscheinlichkeit eine Art Genie, vielleicht würde ich ihn eines Tages als Grafiker für mein Online-Portal engagieren.

Erste Praxisübung war die typografische Ausgestaltung eines beliebigen Substantivs. Franz hatte sich ausgerechnet das Wort *Logik* ausgesucht und mühte sich, die Buchstaben schön gerade und rechtwinklig aufs Papier zu bringen. Das Meisterwerk hatte nur einen kleinen Schönheitsfehler: Franz hatte es fertiggebracht, sich in seinem selbst gewählten Wort zu verschreiben.

Sogar Frau Wittrock war beeindruckt von so viel Beknacktheit. *LOGICK* stand in großen stahlblauen Buchstaben auf Franz' Arbeitsblatt. Auf so einen Patzer war die Pädagogin nicht vorbereitet. Gab es für Rechtschreibfehler einen Punktabzug, oder musste Franz jetzt noch einmal neu anfangen? Schließlich wurde entschieden, dass der Fehler ja einen künstlerisch hochwertigen ironischen Kontrast zum Wortsinn darstellen würde. Zusammen mit ein paar anderen Machwerken wurde *LOGICK* sogar im Klassenraum aufgehängt. Es mahnte mich immer wieder, die Dinge hier um Himmels willen nicht ganz so ernst zu nehmen.

Nach dem *LOGICK*-Desaster kamen Dirk und ich überein, dass das Phänomen Franz einer genaueren Untersuchung bedurfte.

»Hey, Franz, willst du in der Pause einen mitrauchen? Wir gehen rüber in den Park.«

»Hm, ja, Lust hätte ich schon ... Aber in der Schulzeit?«

»Das kriegt doch keiner mit. Wir sind ja außerdem nicht auf dem Schulgelände.«

»Okay.«

Natürlich steuerten wir zunächst die *Shell*-Tanke an.

»Boah, das schmeckt ja wie Pisse!«, stellte Franz nach dem ersten Schluck *Neptun* fest. Es war so ziemlich das erste Mal, dass ich ihn etwas halbwegs Vernünftiges sagen hörte.

»Du musst das ganz schnell trinken«, erklärte ich ihm, »nach der ersten Hälfte schmeckt man die zweite nicht mehr.« Franz nahm mich beim Wort: Er trank die halbe Dose auf ex und ließ einen gewaltigen Rülpser vom Stapel. Der Junge schien einige verborgene Talente auf Lager zu haben.

Nach ein paar Zügen von Dirks Tüte wurde Franz redselig. Sein Vater hatte ihn vor ein paar Wochen beim Kiffen erwischt, weswegen Franz nun einmal die Woche zum Psychologen musste. Der Seelenklempner tat mir jetzt schon leid.

Franz wurde jetzt immer mutiger und weihte uns ungefragt in seine geheimen Vorlieben ein. »Kennt ihr *Hentai?*«

»Wen?«

»*Hentai.* Manga-Pornos!« Sein Gesicht verzog sich zu einem lüsternen Grinsen. »Das sind Pornos, aber als Zeichentrick. Die sind besser als echte.«

»Nee, Franz, das musst du uns mal zeigen.«

»Ihr könnt ja mal nach der Schule vorbeikommen.«

»Klar, machen wir. Und dann bringen wir 'ne Palette *Neptun* mit.«

»Yeah, *NEPTUN POWER!*«, brüllte Franz enthemmt. Die Mitgliederzahl unseres Pausenbierclubs war auf drei angestiegen.

Das *Mega Magazin* indessen wuchs und gedieh. Mithilfe von Dirks Softwarepaket hatte ich die Seite komplett renoviert, zusammen mit dem Logo, das Jakob sich in einer langweiligen Stunde *Medienproduktion* aus dem Ärmel geschüttelt hatte, sah sie nun fast schon professionell aus. Inzwischen hatte ich erste Werbebanner installiert, die jeden Monat ein bisschen zusätzliches Biergeld abwarfen. Ich machte mich meist sofort nach der Schule an die Arbeit, schrieb Artikel, bastelte Fotowitze zusammen und bügelte technische Fehler aus. Auch während der Unterrichtszeit hatte ich praktisch nur meine Seite im Kopf, wie besessen prüfte ich immer wieder den Besucherzähler, das Gästebuch und die Klickraten meiner Werbebanner. Dass wir in jedem Computerraum freien Zugang zum Internet hatten, hielt ich aus pädagogischer Sicht für einen schlechten Schachzug. Dirk zum Beispiel verbrachte einen beträchtlichen Teil des Schultags im Hip-Hop-Forum oder damit, geklaute Unterrichtsmaterialien bei *eBay* zu verhökern.

Mittlerweile hatten wir unserer Stammtanke einen Namen gegeben: *Die Tränke*. Wir besuchten unser Heiligtum regelmäßig in der Mittagspause und oft auch nach Unterrichtsschluss. Ich besaß inzwischen eine Digitalkamera mit Videofunktion, von Dirk zum Spottpreis bei *eBay* ersteigert. Mein neues Hobby war das Drehen von Kurzfilmen mit Franz in der Hauptrolle. Unser Lieblingsvideo zeigte ihn beim erfolglosen Versuch, das Wort *Elektrizitätswerk* auszusprechen.

»Franz, sag mal *Elektrizitätswerk!*«

»Elek ... Elekzitri ... Eletzikri ... Etzekrtritritäts ...«

Franz war einfach ein Phänomen. An manchen Tagen war mir unbegreiflich, dass jemand wie er frei herumlief. In einem anderen Jahrhundert wäre er lebenslänglich ins Irrenhaus gesperrt oder von einem Exorzisten zum nächsten geschleift worden.

»Irgendwann stellen wir das Zeug ins Internet und machen fett Kohle mit ihm«, prophezeite Dirk. Leider untersagte Franz uns vehement, ihn auf diesem Wege berühmt zu machen. Schade! Vielleicht würde er irgendwann einsehen, dass sein Dachschaden sein einziges Kapital war. Ich konnte mir im Leben nicht vorstellen, dass Franz jemals einem auch nur ansatzweise normalen Beruf nachgehen würde.

Dann lud uns Franz auf die Geburtstagsparty seiner Stiefmutter ein. Familie Fichtner wohnte in einer schicken Gründerzeitvilla im gutbürgerlichen Viertel Hummelsbüttel. Dirk und mir kam die Einladung etwas unpassend vor. Wer brachte schon ein paar Saufkumpel auf den Geburtstag seiner Stiefmutter mit? Das Ganze konnte nur im Fiasko enden, also sagten Dirk und ich natürlich zu. Während der Busfahrt erzählte Dirk vollkommen aufgedreht von seinem neuen Nachbarn in der Plattenbausiedlung. »Der ist Kolumbianer und kriegt

Hartz IV, aber vertickt nebenbei ordentlich. Krasser Typ, sag ich dir, sitzt den ganzen Tag zu Hause und chillt ... Ich geh jetzt immer nach der Schule für 'n paar Stunden rüber. Hehe, und nachher hab ich noch 'ne kleine Überraschung für dich ...«

Franz' Vater begrüßte uns freudestrahlend und mit kräftigem Händedruck. Vermutlich waren wir seit Jahren die Einzigen, die einer Einladung von Franz gefolgt waren. Der Hausherr machte überraschenderweise einen total vernünftigen Eindruck. Wir hatten so eine Art verrückten Professor erwartet, in Wirklichkeit war Franz' Vater ein ziemlich erfolgreicher Fotograf, der in den besten Kreisen der Hansestadt zu verkehren schien. Der Großteil der Gäste jedenfalls entstammte augenscheinlich dem Bildungsbürgertum, Dirk und ich wirkten in der noblen Gesellschaft reichlich deplatziert.

Aber dann war da ja auch noch Franz. Zur Feier des Tages hatte man ihn in ein gebügeltes Hemd gesteckt und ihm eine Krawatte umgebunden. Ansonsten agierte der Hirni natürlich nervös und planlos wie immer. Ich erinnerte mich an eine Theorie von Jakob, derzufolge Franz eigentlich hochintelligent war und uns den Gestörten nur vorspielte. Am letzten Schultag würde er die Maske fallen lassen und sich vollkommen normal verhalten – und alles nur, um unsere verblüfften Gesichter zu sehen.

Dann wurden wir Franz' Stiefmutter vorgestellt. Dafür, dass sie ihren Vierzigsten feierte, machte sie immer noch einiges her. Als wir wenig später mit unseren

Sektgläsern etwas abseits standen, fragte ich Franz nach seiner richtigen Mutter.

»Die ist in Ochsenzoll«, gestand er.

»Wie, in der Klapse?«

»In der Nervheil ... in der Neil ... in der Nervanstal ...«

»Nervenheilanstalt?«

»Genau.«

Das überraschte uns überhaupt nicht. Im Gegenteil, einer der Elternteile musste ja einen an der Klatsche haben. Da Franz die Sache etwas peinlich zu sein schien, bohrten wir aber nicht weiter nach. Schließlich war jetzt Party angesagt! Wir machten uns über eine Flasche *Smirnoff* her. Das Drama nahm wie erwartet seinen Lauf.

Nach dem dritten Glas Wodka schob Dirk mich beiseite: »Komm, ich zeig dir mal was!« Ich folgte ihm ins Badezimmer. Dirk schloss ab und nahm einen kleinen Handspiegel von der Wand. »Ich hab dir doch von meinem Nachbarn erzählt, dem Kolumbianer. Bei dem kann ich Koks für 'nen Fuffi kaufen. Echt geil, das Zeug!«

Das waren endlich mal gute Nachrichten. Dirk legte zwei Lines und rollte einen Zehner zusammen. Schließlich hämmerte Franz an die Tür. »Was macht ihr da drin?«

»Wir müssen nur kurz was besprechen!«, rief ich.

Dirk warf mir einen ernsten Blick zu.

»Was meinst du ... Franz? Sollen wir ...?«

Ich spielte das Ganze kurz im Kopf durch und entschied, dass es vielleicht keine so gute Idee sein würde. Franz' Gehirn war vollkommen unberechenbar. Den ohnehin schon Wahnsinnigen auf Koks zu bringen würde möglicherweise ein Monster entfesseln.

Nachdem wir jeder zwei Bahnen gezogen hatten, gingen wir mit Franz wieder zur Party. Ich fühlte mich wie der König des Universums. Wir leerten den Wodka und kaperten einen *Bacardi*. Das Koks unterdrückte die Wirkung des Alkohols, ich hatte das Gefühl, den Rum eimerweise saufen zu können. Dann verwickelte ich Herrn Fichtner in ein Gespräch von Künstler zu Künstler. So wie ich es darstellte, war das *Mega Magazin* das größte publizistische Wunder seit Erfindung des Buchdrucks. Ich laberte einen beachtlichen Haufen Unfug und fühlte mich bereits auf Augenhöhe mit den Machern der Medienbranche.

Gut eine Stunde später war ich mit niemandem mehr auf Augenhöhe. Die Party war in die Tanzphase übergegangen, und plötzlich fand ich mich auf dem Wohnzimmerparkett wieder, alle viere von mir gestreckt. Dirk stand etwas abseits und schüttelte sich vor Lachen. Was war nur passiert? Eben noch hatte ich enthemmt mit Franz' Stiefmama getanzt, dann musste ich wohl für einen Sekundenbruchteil die Contenance verloren haben. Die Kokswirkung war verflogen, und der Alkohol schoss mir schlagartig wieder in den Kopf. Alles war plötzlich schwer und träge. Ausgerechnet Herr Fichtner kam, um mir aufzuhelfen. Vor Kurzem hatte ich noch angeregt mit ihm über die Rechtslage bei der Verwendung von digitalem Bildmaterial diskutiert.

Wo war eigentlich Franz abgeblieben? Die Party fand mittlerweile ohne ihn statt. Schließlich fanden Dirk und ich ihn oben in seinem Zimmer. Franz lag im Bett, die Bettdecke bis zum Hals hochgezogen.

»Franz, was geht! Alter, pennst du etwa?«

Zur Antwort brabbelte Franz etwas Unverständliches. Dann begriffen wir, was da los war. Offenbar hatte er uns auf der Treppe gehört und schnell den Monitor ausgeschaltet. Der Ton allerdings lief noch und verriet, dass Franz sich einen Pornofilm angeguckt hatte.

»Na, Franz, dann lass doch mal sehen, was du dir hier so reinziehst!«, rief Dirk und machte den Monitor wieder an. Es war natürlich ein Manga-Porno. Eine blauhaarige Japanerin in Schuluniform wurde gerade von einer Art Dämon gevögelt. »Franz, Alter! Das ist ja wohl nicht dein Ernst! Bei euch ist 'ne Party, und du keulst dir hier oben heimlich einen!«

»Ich musste eben mal kurz runterkommen ...«

»Bei dem muss jetzt erst mal was ganz anderes runterkommen«, stellte ich fest. Wir machten die Tür zu und taumelten zurück zur Festgemeinde.

Eigentlich hätte ich spätestens jetzt nach Hause gehen müssen, aber ich verspürte ein leichtes Hungergefühl. Ein kleiner Mitternachtssnack am Buffet noch, vielleicht ein Drink dazu, ganz bestimmt noch ein Drink, nur ein Bier oder zwei, vielleicht noch etwas Rum, ein kleines Glas zur Verdauung ...

Als ich wach wurde, war es stockdunkel im Wohnzimmer. Die Party war ganz offensichtlich vorbei. Ich lag zusammengekrümmt auf dem Ledersofa und fror. Wo waren alle anderen hin? Wo war Franz, wo war Dirk? Ich konnte mir auf all das keinen Reim machen.

Noch immer war ich entsetzlich betrunken. Die letzten Stunden waren wie ausgelöscht, und ich hatte Grund zur Befürchtung, dass ich keine allzu gute Figur abgegeben hatte. Bruchstückhaft erinnerte ich mich, dass ich Franz' Stiefmutter um Rat für meine chronische Beziehungsunfähigkeit ersucht hatte. Was hatte sie dazu zu sagen gehabt? Ich kriegte es nicht mehr zusammen. Planlos suchte ich nach meiner Jacke und konnte sie nirgends finden, sodass ich im T-Shirt nach draußen in die kühle Herbstnacht wankte. Wo zum Teufel war ich hier bloß? Auf gut Glück torkelte ich in irgendeine Richtung.

Schließlich hielt ein Polizeiwagen neben mir an. Eigentlich wollte ich nur nach dem Weg fragen, aber die freundlichen Beamten fuhren mich bis vor die Haustür. Ich erinnere mich noch, dass der eine Polizist irgendwas von einer *desorientierten Person* in sein Funkgerät murmelte. Wen meinte er damit bloß?

Obwohl ich für die Schule kaum einen Finger krummgemacht hatte, bestand mein erstes Zeugnis nur aus Zweiern und einer Drei in *Technische Grundlagen*. Die Ausbildung war regelrecht zum Selbstläufer geworden, ich fühlte mich zeitweilig wie auf einer Art Bildungsurlaub im *Hotel Neptun*, nur eben ohne Bildung.

Die Besucherzahlen meiner Website hatten inzwischen die Tausend am Tag überschritten, und die ganz große DSL-Revolution stand ja noch bevor. Wenn erst einmal 90 Prozent der deutschen Haushalte über eine Flatrate verfügten, würden locker fünf- bis zehntausend Besucher täglich drin sein. Statt zwanzig oder dreißig würde das *Mega Magazin* dann mehrere Hundert Euro im Monat abwerfen und bald schon so viel, dass es zum Leben reichte. Außerdem: Berichteten nicht erste Fernsehshows wie *TV total* bereits über witzige und interessante Internetseiten und luden deren Macher in ihre Sendungen ein? Waren Webmaster vielleicht sogar die Popstars von morgen? Mein ganzes Denken kreiste nur noch um die Seite.

Im zweiten Halbjahr stand dann unerfreulicherweise *Flash* auf dem Stundenplan, ein grausam komplexes Animationsprogramm, das mir von Anfang an arges Kopfzerbrechen bereitete.

»Wenn Sie *Flash* beherrschen, stehen Ihnen in der Designbranche alle Türen offen«, erinnerte uns Herr Schrader ungefähr fünfmal am Tag. Ich entschied, dass die Designbranche einstweilen ohne mich auskommen musste, und klaute den Großteil meiner *Action Scripts* per USB-Stick bei Jakob.

Unser erster Praxistest war die Erstellung eines Animationsfilms mit unserem Lieblingstier in der Hauptrolle. Tiere hatte ich nie sonderlich leiden können, aber ich fand, dass der Regenwurm nicht das unangenehmste Lebewesen auf der Erde war. Im Gegensatz zum Menschen erfüllte der Regenwurm im Kreislauf der Natur durchaus einen Zweck, ich wusste allerdings nicht genau, welchen.

Mein Trickfilm ging mir ziemlich locker von der Hand, vor allem, weil der blöde Wurm kinderleicht zu animieren war – besonders viele Gliedmaßen hatte er ja nicht. Da ich viel zu schnell fertig war, beschloss ich spontan, mein Meisterwerk noch etwas aufzuhübschen. Ich steckte dem Hauptdarsteller einen Joint ins Maul und ließ ihn vor einem Atomkraftwerk herumkriechen, weswegen er neongrün schimmerte, als habe er sich zeitlebens von Drogen und nuklearem Abfall ernährt. Wie so oft hatte ich einen Haufen hanebüchenen Schwachsinn abgegeben, aber trotzdem gab es wieder mal eine glatte Zwei.

Mein Wurmfilm war jedoch nichts im Vergleich zu dem, was Franz seinem Publikum vorsetzte. Der Beamer warf eine Kuh auf die Leinwand, ein schwarz-weiß geflecktes, seelenruhig vor sich hin grasendes Vieh. Nach ein paar Sekunden kam ein Fußball angerollt, den die Kuh lässig wegkickte. Eine Fußball spielende Kuh, etwas schrullig vielleicht: Eben eine typisch verquere Franz-Idee. Herr Schrader wollte den Clip schon wegklicken, als sich die Kuh jedoch urplötzlich zu verwandeln begann. Mithilfe von *Flash* ließen sich fließende Übergänge von einem Objekt in ein anderes herstellen, und Franz hatte mit Begeisterung Gebrauch von dieser Funktion gemacht. Fünfundzwanzig entgeisterte Zuschauer beobachteten, wie aus der blöden Kuh innerhalb weniger Sekunden ein Raumschiff wurde, das mit Düsenantrieb aus dem Bildschirm flog. Dann war der Film vorbei. Sprachlos starrten wir auf die leere Leinwand. Einige Mädchen kicherten, Franz saß mit selbstzufriedenem Grinsen auf seinem Stuhl.

Eines musste man dem durchgeknallten Regisseur lassen: Die Metamorphose von Kuh zu Raumschiff hatte Franz glänzend umgesetzt. Herr Schrader konnte nicht anders, als ihm dafür eine Eins zu geben. Zur Würdigung seiner cineastischen Meisterleistung gaben wir Franz an der *Tränke* natürlich ein frisches *Neptun*-Pils aus. Ich fragte mich, was die Dozenten an der *Design Academy* wohl zu so einem Streifen gesagt hätten.

Schließlich stand die erste Projektarbeit auf dem Plan. Wie in jedem Frühjahr veranstaltete die Schule einen Tag der offenen Tür, und unsere Aufgabe war es, den Unterrichtsalltag sozusagen aus Sicht der Betroffenen darzustellen. Unsere Ergüsse sollten auf eine CD-ROM gepresst und als kostenloses Informationsmaterial an die Besucher verteilt werden.

Ich wurde Jakob und einer Nervensäge namens Ewelina zugeteilt, die große Brüste und eine noch größere Klappe hatte. Sie schien mir nicht besonders helle im Kopf, faselte aber trotzdem ständig davon, nach dem Fachabitur ein Studium der Ernährungswissenschaften aufnehmen zu wollen. Mit Webdesign jedenfalls hatte sie nicht viel am Hut, und sie machte auch keinen Hehl daraus, dass ihr jegliche Beschäftigung mit dem Computer vollkommen zuwider war. Schnell kapierten Jakob und ich, dass wir das blöde Projekt mehr oder weniger im Alleingang würden durchziehen müssen.

Zu Unterhaltungszwecken jedoch war Ewelina ausgesprochen nützlich. Neben dem Traum vom Fachhochschulstudium war Sex ihr bevorzugtes Thema. Jakob und ich wurden über jedes Detail ihres geschlechtlichen Lebens informiert, von der Penisgröße ihres Partners bis hin zu ihren bevorzugten Stellungen.

Ewelina war sich vollkommen bewusst, dass sie fachlich nichts zu unserer Projektgruppe beitragen konnte, und nahm wie selbstverständlich die Rolle der Animateurin ein. Vom ersten Tag an trug sie konsequent eng anliegende Tops oder Oberteile mit Ausschnitten in Größe der Binnenalster. Ebenso zeigefreudig war sie, was ihre umfangreiche Stringtanga-Sammlung betraf, permanent blitzte ihr ein knappes Stück Stoff aus dem Hosenbund. Besonders Jakob schien die tägliche Anatomiestunde regelrecht an den Eingeweiden zu zerren. »Dieses kleine Luder!«, ächzte er nach einer Projektstunde. »Ich hab seit über einem Jahr keinen Sex gehabt! Kann die sich nicht mal normal anziehen?«

Die Aufgabenverteilung unserer Dreier-Combo war klar: Während Jakob sich um alles Gestalterische und die technische Umsetzung kümmerte, war ich für Text und Konzeption und Ewelina für gar nichts zuständig.

»Die Gruppenarbeit soll sie auf den Arbeitsalltag in der Agentur vorbereiten«, hatte Herr Schrader uns eingetrichtert. »Kommunikation und Teamwork sind in der Medienbranche unverzichtbar!«

Nun, kommuniziert wurde in unserer Projektgruppe ohne Ende, nur eben selten über das Projekt. Stattdessen durchlitten wir mit Ewelina ihre erste ernsthafte Beziehungskrise. Sie wohnte mit ihrem Freund zusammen und hatte seine geheime Pornosammlung auf dem gemeinsamen PC entdeckt, was sie mit radikalem Sexentzug bestrafte. »Ich hätte ja auch mal wieder Bock, aber der Arsch muss ja mal merken, dass ich sauer bin! Ich meine, er kann ja ruhig Pornos gucken, solange er sie *mit mir* guckt, der Idiot!«

Während Jakob sich mit der *Flash*-Navigation abmühte, hatte ich beim Texten für unsere Projektarbeit einen Heidenspaß. Eigentlich hatte ich durchaus vorgehabt, einen sachlichen und informativen Text zum Fach *Informationsdesign* abzuliefern, war aber katastrophal gescheitert: Infolge der beständigen Arbeit am *Mega Magazin* hatte sich mein Schreibstil einfach zu fest eingefahren. Es gelang mir auf dieser Schule beim besten Willen nicht, eine Aufgabe auf konventionelle Weise zu bearbeiten, irgendeine Albernheit musste immer dabei sein. Bisher hatten meine Lehrer augenzwinkernd darüber hinweggesehen, wahrscheinlich in der Annahme, dass ich als gescheiterter Germanistikstudent mit *Vollabitur* hoffnungslos unterfordert sei. So bekam ich langsam, aber sicher das Gefühl, mir alles erlauben zu können. Dass ich mich damit gewaltig in die Nesseln setzen würde, war nur eine Frage der Zeit.

Meine Konzeption sah vor, Frau Wittrocks Unterricht als Mal- und Bastelstunde auf Kindergartenniveau darzustellen. Eine Horde aufmüpfiger Kleinkinder, mit Malbüchern und Tuschkästen bewaffnet, beim Papierfliegerfalten und Ostereierbemalen, gebändigt von der gutmütigen Kindergartentante Frau Wittrock, die sich mit ihrem geheimnisvollen Energietonikum fit hält für den sonderpädagogischen Wahnsinn. Alles in allem sicherlich ein satirischer Text, aber eigentlich gar nicht mal so fern der Realität, wenn man sich einmal genauer in unserer Klasse umsah.

Frau Wittrock jedenfalls gefielen meine Ausführungen. »Sie sind ein großes Kind, Nico!«, urteilte sie. »Aber das ist lustig und sympathisch, eine schöne Idee. Man kann auch mal ein bisschen Humor und Farbe in so eine trockene Info-CD reinbringen.« *Farbe reinbringen* war Frau Wittrocks Lieblingsausdruck.

Kurz vor dem großen Tag der offenen Tür – wir langweilten uns gerade in *Wirtschaft und Politik* beim Thema Steuern und Sozialabgaben – platzte die Sekretärin des Direktors in den Unterricht. Mit todernster Miene flüsterte sie Herrn Nowotny etwas ins Ohr.

»Nico«, rief Herr Nowotny ebenso ernst, »du meldest dich bitte nach der Stunde bei Herrn König im Büro.« Ein Date mit dem Direktor! Das konnte eigentlich nur bedeuten, dass *Frau Wittrocks Mal- und Bastelstunde* in der Chefetage nicht auf Gegenliebe gestoßen war.

Im Büro des Direktors warteten außer ihm selbst noch Frau Wittrock und irgendein Vogel, den ich noch nie zuvor gesehen hatte. Er wurde mir auch nicht vorgestellt. Wahrscheinlich ein Heini von der Handelskammer oder irgendeiner überflüssigen Aufsichtsbehörde. Jeder hatte meinen Text fein säuberlich ausgedruckt vor sich liegen, einige Stellen waren sogar mit Textmarker leuchtend gelb markiert. Auch auf meinem Platz lag ein Exemplar. Hatten die Würdenträger denn nichts Wichtigeres zu tun? Es war schon irgendwie seltsam: Seit fast einem Jahr leerte ich regelmäßig in der großen Pause meine Bierdosen, aber hochgenommen wurde ich, weil ich auf einer beknackten Gratis-CD ein paar Witze untergebracht hatte.

»Herr Jensen, Sie sind jetzt im zweiten Halbjahr Schüler der Berufsfachschule für digitale Medien. Sie machen eine Ausbildung zum *Assistenten für digitales Mediendesign* zur fachlichen Qualifikation für eine berufliche Tätigkeit in der Werbe- und Medienwirtschaft«, belehrte mich der Direktor. Ich war völlig erstaunt, dass er das Verhör mit dieser sinnfreien Feststellung anfing. Wozu sagte er das? Um sich bei dem Sackgesicht von der Handelskammer einzuschleimen? Möglicherweise stand der Direktor unter enormem Druck, weil die ganzen Digitalassistenten beruflich nichts zustande brachten und den Geldgebern nach und nach aufging, dass der schöne Ausbildungsgang vollkommen nutzlos war. Und jetzt noch der Super-GAU kurz vor dem Tag der offenen Tür! Ob ich mit meinem Artikel das Ende der Berufsfachschule eingeläutet hatte? So langsam wurde die Sache spannend. »Sie haben diesen Artikel auf der Info-CD zum Tag der offenen Tür verfasst. Diese CD wird morgen an potenzielle Schüler und deren Eltern ausgegeben. Natürlich soll die Info-CD in erster Linie zeigen, was die Schüler im ersten Jahr der Ausbildung bereits gelernt haben, aber sie soll auch als Entscheidungshilfe dienen. Die Schüler und Eltern wollen wissen, wie auf unserer Schule gelehrt und gelernt wird. Und dann lesen sie *das*.« Der Berufstyrann las einige Passagen aus meinem Artikel vor. Ich fand nach wie vor, dass er ziemlich witzig geschrieben war und stilistisch aus einem Guss. Eigentlich hatte er es gar nicht verdient, von so einem Arschgesicht gelesen und gelb angemarkert zu werden. »Was, meinen Sie, denkt ein sechzehnjähriger Realschüler angesichts dieses Textes, was ihn im Fach *Informationsdesign* erwartet?«

Jetzt durfte ich endlich auch mal etwas sagen. »Also, der Text soll ja in erster Linie der Unterhaltung dienen. Es steht ja auch drüber, dass es sich um eine Satire handelt ...«

»Das ist ja gut und schön«, unterbrach mich Direktor König, »aber meinen Sie, dass ein sechzehnjähriger Realschüler weiß, was eine Satire ist?«

»Also, so gut kenne ich die Lehrpläne an der Realschule nun auch nicht ...«

»Das ist nicht witzig, Herr Jensen. Ein Großteil unserer Schüler kann mit dem Begriff Satire wahrscheinlich gar nichts anfangen. Und deren Eltern, die zu weiten Teilen dem Arbeitermilieu entstammen, ebenso wenig.«

Jetzt meldete sich der andere Fatzke zu Wort. Ich wusste immer noch nicht, wer er war. »Die Ausbildung an der Berufsfachschule für digitale Medien dient als vollschulische Alternative zu einer betrieblichen Ausbildung. Was würde wohl passieren, wenn Sie sich in der Firmenzeitung Ihres Ausbildungsbetriebes über Ihren Arbeitgeber lustig machen würden?«

»Das käme wohl auf den Betrieb an ...« Ich las in den Gesichtern, dass hier eine bestimmte Antwort erwartet wurde. »Na ja«, sagte ich kleinlaut, »wahrscheinlich würde ich entlassen werden.«

»Genau!«, antwortete der Direktor triumphierend. Das war es also. Sie würden mich wirklich rausschmeißen! Frau Wittrock warf mir einen besorgten Blick zu. Das hatte ich nun vom *Farbereinbringen*. Hätte sie mich nicht warnen können, dass ich mit meinem bekloppten Humor in der Chefetage anecken würde? Sie hatte mich ins offene Messer rennen lassen.

»Zum Glück konnte unser Projektkoordinator Herr Schrader den Text noch rechtzeitig entfernen«, fuhr der Direktor fort, »der Schaden für unser Haus hält sich daher in Grenzen. Natürlich wird Ihre Projektnote entsprechend abgewertet. Außerdem erhalten Sie hiermit eine mündliche Verwarnung. Bei einem weiteren Vergehen werden Sie von der Schule suspendiert.«

Das überraschte mich jetzt doch. Sie behielten mich auf der Schule, jemanden, der um Haaresbreite das Ansehen ihrer geliebten Bildungseinrichtung mit Schande besudelt hätte! Wahrscheinlich genossen diese Arschgeigen es einfach, junge Spinner wie mich zurechtzuweisen. Ich musste mich anschließend in einer etwas theatralischen Szene hochoffiziell bei Frau Wittrock entschuldigen, was völlig absurd war, immerhin hatte sie vor Kurzem ja noch herzlich über meinen Artikel gelacht. Wahrscheinlich hatte sie vor den Bonzen so tun müssen, als ob sie ihn nie zuvor gesehen hätte.

Schließlich war ich offiziell begnadigt und durfte wieder zum Unterricht. In der Berufsfachschule für digitale Medien war wieder alles beim Alten. Die Gangster-Kids, die Kiffer, die aufgebrezelten Teenie-Püppchen, die minderbegabten Möchtegerndesigner wuselten in der Pausenhalle wild durcheinander.

Und ich war endgültig einer von ihnen.

Nachdem wir im Jahr darauf den Abschluss gemacht hatten, verloren meine Mitschüler und ich uns schnell aus den Augen. Dirk und Franz hängten noch ein Jahr Fachabitur dran, und Jakob zog ins Haus seiner Eltern nach Fehmarn zurück. Wahrscheinlich lebt er noch immer dort, baut auf den salzigen Wiesen Gras an und hütet Schafe.

Ich hingegen musste mir wohl oder übel einen Job suchen, nachdem sich mein Traum vom Internet-Imperium dann doch nicht erfüllen wollte. Die Besucherzahlen stagnierten irgendwann, genauso meine Einkünfte, als der Werbeblocker seinen Siegeszug auf deutschen PCs antrat. Stattdessen suchte eine Abmahnwelle die deutschsprachige Webmaster-Gemeinde heim und drängte immer mehr Seitenbetreiber, aus Angst vor dem finanziellen Ruin ihre Projekte aufzugeben. Auch ich warf schließlich entnervt das Handtuch, nachdem mir der Anwalt eines bekannten TV-Moderators einen

Prozess mit dem Streitwert von 50000 Euro angedroht hatte. Nach einer wirren Odyssee durch Praktika und Aushilfsjobs landete ich schließlich als Texter bei einem Online-Shop für Büromaterial und ergatterte dort meine erste Festanstellung. *Neptun*-Pils war da längst aus den Verkaufsregalen der Kioske und Tankstellen verschwunden, möglicherweise hatte die Brauerei nach unserem Abgang von der Berufsfachschule aufgrund eines massiven Nachfragerückgangs Konkurs angemeldet.

Franz habe ich nur noch ein einziges Mal wiedergesehen. Ich traf ihn zufällig in der U-Bahn, als ich von der Arbeit nach Hause fuhr, und ich musste zweimal hingucken, bevor ich ihn erkannte. Er sah merkwürdig erwachsen aus, mit ungewohnt männlichen Gesichtszügen, Dreitagebart, kurz geschnittenen Haaren und einem Kleidungsstil, der schon fast als modern durchgehen konnte. Das Erstaunlichste aber war, dass Franz im Beisein von drei durchaus attraktiven jungen Frauen durch Hamburg fuhr.

»Meine Mitbewohnerinnen«, stellte er mir die Mädels stolz vor, »wir wohnen in Altona in einer WG.«

»Gratuliere, Franz. Und was machst du jetzt so?«

»Ich studier Grafik-Design. An der *Design Academy*.«

»Nicht übel, Mann ...«

»Wir müssen die nächste raus«, sagte Franz. »Meld dich doch, wenn du mal auf der Ecke bist, dann gehen wir zusammen ein Bier trinken.« Er überreichte mir eine ziemlich professionell designte Visitenkarte, die ihn als

Freelancer im Bereich Webdesign auswies, mit Fachgebiet *Flash*-Animation.

»Wow. Klar, mach ich, Franz.«

»Also, hau rein, Nico.«

Kurz bevor er im Tross seiner Mädels die Bahn verließ, fiel mir noch etwas ein.

»Hey, Franz …«

»Ja?«

»Sorry, nur der alten Zeiten wegen … sag mal bitte *Elektrizitätswerk*.«

Während die Mädels verständnislos glotzten, strahlte Franz mich an, als hätte er genau das erwartet. »Elektrizitätswerk«, sagte er, und die Silben gingen ihm so flüssig und federleicht von den Lippen wie Schmetterlinge, die jahrelang in einem dunklen Kokon geschlummert hatten, oder wie damals im Computerraum die Kuh, die sich zu unser aller Überraschung in ein Raumschiff verwandelt hatte, wie zum Beweis, dass auf dieser Welt letztlich alles möglich war.

Der Wurstmann

In meiner Abiturklasse gab es für die Schule nicht mehr viel zu tun. Man wollte die jugendlichen Hirne vor der großen Reifeprüfung offenbar nicht mit unnötigem Input belasten, die spärlichen Unterrichtsstunden dienten in der Hauptsache der Ausnüchterung zwischen den Abiturpartys. Es kam immer wieder vor, dass wir zwischendurch zwei oder sogar vier Stunden Zeit totschlagen mussten. Wer ein Auto hatte, fuhr in den Freistunden nach Hause, zum Kiffen an den See oder in eins der trostlosen Kleinstadtcafés, in denen vergeblich versucht wurde, Großstadtambiente zu imitieren. Wenn im letzten Schuljahr eine Sache so richtig unwichtig war, dann die Schule selbst.

Ich selbst gehörte zu einer kleinen Truppe, welcher der Sinn eher nach proletarischen Freuden stand. Wir pilgerten in den meisten unserer Freistunden zu einer Imbissbude auf dem Parkplatz des großen Ramschsupermarkts *Trendkauf*. An dieser Imbissbude bediente der Wurstmann.

Um seine Stammkundschaft bei Laune zu halten, servierte der Budenbesitzer neben Bratwurst und Pommes auch Bierdosen der *Aldi*-Marke *Karlsquell* zum Vorzugspreis von fünfzig Pfennig. Man musste dazu lediglich das Codewort *Holland* benutzen. Der Legende nach war die Wahl auf *Holland* gefallen, weil man nach Genuss mehrerer Dosen so platt wie die niederländische Tiefebene war.

An einem sonnigen Frühlingsdonnerstag galt es mal wieder, zwei Freistunden bis zum Sportunterricht rumzukriegen. Da es kaum etwas Erstrebenswerteres gab, als mit ein paar *Holland* im Blut auf dem Sportplatz planlos dem Ball hinterherzustolpern, war der Wurstmann am Donnerstagmittag besonders hoch frequentiert. Ein halbes Dutzend Prachtexemplare der künftigen Elite Deutschlands, randvoll mit Testosteron und Selbstüberschätzung, hatte sich in Erwartung eines euphorischen Rausches am vorstädtischen Biertempel eingefunden.

»Moin, Wurstmann, mach mal fünf *Holland* klar!«, befahl Ziegler, der anerkannte Fehlstunden- und Promillekönig des Jahrgangs. Er hatte den Wurstmann vor einigen Monaten entdeckt, nachdem er im Billigmarkt einen Stoß tschechischer Kräuterliköre erstanden hatte.

»Na sicher, Jungs! Geht's nachher wieder auf den Fußballplatz?« Als umsichtiger Gastronom war der Wurstmann bestens über unsere Stundenpläne informiert, als würden sie in seiner Wurstbutze zwischen Fritteuse und Mayonnaisefass aushängen. Er war schätzungsweise um die sechzig, der weiße Bart setzte an einigen Stellen bereits einen Gelbstich an, aber hinter der Nickelbrille strahlten die kleinen Augen mit der Vitalität eines Mannes, der in seinem Beruf aufgeht. Seiner schweinchenrosa Gesichtsfarbe nach zu urteilen genehmigte sich der Wurstmann selbst ebenfalls gern das eine oder andere Sportgetränk, wenngleich wir unseren Wirt, ganz Vollprofi, nie im Dienst trinken sahen. Angeblich war er einst Inhaber eines gut gehenden Landgasthofs gewesen, aber eine komplizierte Scheidung hatte alles ruiniert. »Passt bloß auf mit den Weibern«, ermahnte er uns immer wieder. »Erst gehen sie euch an die Wäsche, dann an die Brieftasche!«

Nach dem zweiten *Holland* war unsere Runde wieder mal bei ihrem bevorzugten Gesprächsthema angelangt: Weiber.

»Na, Kai, alter Hühnerschrecker, wie läuft's mit Larissa?«, erkundigte Ziegler sich, notgeil grinsend. Kai war ein mäßig attraktiver IT-Nerd, was den Umstand, dass er das heißeste Mädchen des elften Jahrgangs aufgerissen hatte, umso absurder erscheinen ließ. Wenn Larissa in ihren knappen Tops durch die Pausenhalle stolzierte, kriegten sämtliche Kerle inklusive des Lehrerkollegiums einen Ständer. Auf sein Luxusweib angesprochen, blickte Kai dennoch trübselig drein. »Frag nicht. Wir sind jetzt drei Monate zusammen und bisher ging noch gar nichts ...«

»Gar nichts? Die hat dir noch nicht mal einen geblasen?«

»Nix, nur 'n bisschen Fummeln, mehr ist nicht. Meine Eier explodieren bald ...«

»Also, wie Mutter Teresa sieht die ja nun nicht aus ...«

»Hast du 'ne Ahnung. Die ist noch Jungfrau! Und sie will warten, bis sie achtzehn ist!«

»Und wann ist das?«

»Noch fast 'n halbes Jahr! Das halte ich nie aus! Wenn sie mir nicht bald wenigstens einen bläst, muss ich sie echt abschießen ...«

»Mach das!«, ermunterte unsere Runde den Unglücklichen. »Lass dich von dem Früchtchen nicht hinhalten, Alter!«

»Wir Männer haben unsere Bedürfnisse!«

»Genau!«

»Wurstmann, noch 'ne Runde *Holland!*«

Am Abend erzählte ich meiner Freundin von der Herrenrunde. Interessanterweise war sie recht gut mit der paarungsunwilligen Larissa befreundet.

»So ein Schwein!«, krächzte Maike, während wir auf dem Kuhflecken-Sofa ihres Jugendzimmers rumgammelten. »So was Privates erzählt man doch nicht vor anderen!«

»Na ja, ich verstehe Kai irgendwie schon«, gab ich zu bedenken. »Er ist halt ganz schön frustriert. Ich meine, die sind jetzt drei Monate zusammen ...«

»Hättest du mit mir Schluss gemacht, wenn ich nach drei Monaten noch nicht mit dir geschlafen hätte?«

»Natürlich nicht!«, gab ich zur Antwort, obwohl ich das mit ziemlicher Sicherheit getan hätte.

»Ich werd's ihr erzählen. Larissa muss doch wissen, was ihr Freund so hinter ihrem Rücken über sie ausplaudert ...«

»Spinnst du? Dann bin ich bei den Jungs unten durch!«, protestierte ich.

»Und wenn schon«, blaffte Maike. »Du sagst immer, dass du die eigentlich alle nicht leiden kannst.«

»Stimmt ja auch, aber mit wem soll ich dann zum Wurstmann gehen?«

»Dein Problem. Du weißt, was ich von diesem Biertrinken in der Schule halte ...«

Das wusste ich allerdings. Im Prinzip hielt Maike überhaupt nichts vom Biertrinken wie auch von den meisten anderen Sachen, für die ich mich interessierte. Meistens saß sie an ihrer Fensterbank, beobachtete die Kühe auf der Weide vor ihrem Wohnblock und träumte von einem Haus mit Garten für die zahlreichen Kinder. Warum ausgerechnet Maike und ich ein Paar waren, war eines der ungelösten Rätsel der Weltgeschichte.

Ein paar Tage später kam Kai in der Pausenhalle auf mich zugestampft, seine eckige Birne rot wie ein Streichholzkopf. Ich wusste sofort, was die Stunde geschlagen hatte.

»Was fällt dir ein, Alter?«, blökte er. »Das war 'ne Männerrunde neulich beim Wurstmann!«

»Ich weiß echt nicht, was du meinst«, log ich.

»Das weißt du ganz genau. Deine beknackte Alte hat Larissa alles erzählt!«

»Oh Mann, ich hab ihr echt gesagt, dass sie die Klappe halten soll ...«

»Jetzt hab ich zusätzlich zum Fickverbot nämlich auch noch Fummelverbot, du Arschloch.«

»Tut mir leid, Kai, ich wollte echt nicht ...«

»Jaja, steck dir dein *Tutmirleidkai* sonst wohin!«

Die Männerrunden beim Wurstmann jedenfalls fanden nun ohne mich statt. Hin und wieder gelang es mir, ein versprengtes Mitglied der Truppe zu einer Zweiersession zu überreden, die meiste Zeit aber saß ich in den Freistunden allein herum und brütete schmollend und durstig über meiner Kafka-Hausaufgabe.

Irgendwann siegte jedoch wie immer die Gier: Eines Freitags ließ ich die Doppelstunde Kunst sausen und machte mich ganz allein auf den Weg durch den Schulwald. Als Volljährige durften wir unsere Entschuldigungen selbst schreiben: Demnach hatte mir eine akute Stoffwechselstörung die Teilnahme am Unterricht unmöglich gemacht, was im Prinzip ja auch stimmte.

Beim Wurstmann wurde ich freundlich empfangen. »Na, Torsten! Heute mal solo? Was verschafft mir die Ehre?«

»Tja, ich konnte heute leider nicht am Kunstunterricht teilnehmen. Übelkeit, Schweißausbrüche, krampfartige Magenschmerzen …«

»Akuter Promillemangel!«, diagnostizierte der Fachmann. »Aber da hab ich 'ne Medizin gegen.« Grinsend fischte er eine Bierdose aus dem Kühlschrank. »Hab außerdem mitbekommen, dass du bei den Jungs verschissen hast.«

»Ach, das. Mir egal, sind eh nur 'n paar Saufkumpel.«

»Das ist die richtige Einstellung. Du bist eh aus 'nem anderen Holz, das riech ich bis hier. Du hast richtig Grips im Kopf. Was willst du eigentlich machen nach der Schule?«

»Keine Ahnung. Wahrscheinlich geh ich nach Hamburg, irgendwas studieren ...«

»Und was?«

»Ist doch egal. Ich interessier mich eigentlich nur für Bier und Weiber.«

»Also für die wirklich wichtigen Dinge. Weißt du, ich treff mich ab und zu in Hamburg mit so 'ner Torte, zwanzig Jahre jünger, ganz edler Feger, sag ich dir. Meistens saufen wir nur was, aber ab und zu geh ich auch mit zu ihr, und dann ist auch mehr drin ...«

»Klingt nach 'ner entspannten Sache.«

»Das ist es auch, Torsten. Der Trick ist, die Weiber nicht zu nah an dich ranzulassen. Der ganze Gefühlsscheiß, der macht alles kompliziert. Du und die Jungs, ihr kommt da früher oder später auch noch hinter.«

»Ich glaub, ich bin jetzt schon dabei.«

»Hehe. Ich wusste doch, dass du was im Kopf hast!«

In den nächsten Wochen schwänzte ich eine Menge entbehrlicher Stunden, um beim Wurstmann abzuhängen. In der Schule tat ich ohnehin nur noch das Nötigste, mein Abischnitt war mir mittlerweile ziemlich egal. Da ich noch den Zivildienst vor mir hatte, war beim Schmieden der Zukunftspläne ohnehin keine Eile geboten.

»Und, was liegt am Wochenende so an?«, fragte ich eines Freitags über den Tresen, während sich mein Grundkurs Kunst mit den Grundzügen der Renaissancemalerei herumschlug. »Triffst du dich wieder mit deiner Hamburger Perle?«

»Nee. Heute ist Solosaufen angesagt, im *Hanseaten*, das ist meine Stammkneipe.«

»Im *Hanseaten*?«, fragte ich erstaunt. »Der Schuppen in der Hansestraße?« *Zum Hanseaten* war eine als Nazikneipe verschriene Kaschemme unweit meines Elternhauses, die ich aus naheliegenden Gründen niemals von innen gesehen hatte.

»Genau. Kennste?«

»Klar. Ich wohne zwei Straßen weiter.«

»Na, so was!«, lachte der Wurstmann. »Dann komm doch heute Abend mal rum, ich geb einen aus. Bin so ab acht da. Und dann saufen wir mal richtig einen!«

Das musste man mir nicht zweimal sagen. Mein Taschengeld ging nahezu gänzlich für öde Kinobesuche mit Maike und Bukowski-Gedichtbände drauf, einen Gratis-Vollrausch nahm ich immer gern mit. Außerdem dachte ich mir, dass ich als Saufkumpel des Wurstmanns in der Coolheitsskala bestimmt ordentlich aufsteigen würde. Ich sah schon meine dämlichen Mitschüler auf dem Schulhof vor Neid erblassen: »Ey, Torsten, stimmt das, du hast mit dem Wurstmann in der Kneipe einen gebechert ...?«

Als ich gegen neun im *Hanseaten* aufschlug, kauerte nur eine Handvoll kümmerlicher Rentner im muffigen Halbdunkel der Spelunke. Die Inneneinrichtung war spärlicher Fünfziger-Jahre-Stil, die Sitzgruppe *Eiche rustikal* gesellte sich zu Kitschgemälden, auf denen die romantische Idylle deutscher Mittelgebirge gepriesen wurde. Eine Nazikneipe hatte ich mir irgendwie anders vorgestellt.

Alle Augen richteten sich auf mich – offenbar hatte sich seit dem Zweiten Weltkrieg kein Gast unter fünfzig mehr in den *Hanseaten* verirrt. Der Wurstmann saß allein an der Theke, vor sich ein halb volles Bier. »Torsten, was für eine Ehre. Er kommt spät, aber er kommt! Winfried, das ist mein bester Kunde. Mach dem jungen Mann doch mal ein Herrengedeck fertig!« Der Wirt guckte mich etwas schief an, von wegen *Was sucht der linksradikale Penner in meiner guten deutschen Schankstube,* stellte dann aber gnädigerweise Bier und Korn vor mich hin, der Wurstmann erhielt das Gleiche. Er hatte bereits eine mächtige Fahne, schien also bereits einige Herrengedecke Vorsprung zu haben. »Zigarette?«, fragte er und hielt mir eine Schachtel *Ernte 23* hin.

»Ach, danke, warum nicht ...«

»Gerne doch. Und jetzt nicht lang schnacken, Kopf in Nacken! Ich bin übrigens Klaus-Peter!«

Dass der Wurstmann kein Kind von Traurigkeit war, hatte ich immer vermutet, jetzt aber stellte sich der Kerl als wahrer Profitrinker heraus. Ich hatte Mühe mitzuhalten, so schnell wie das *Warsteiner* seine faltige Kehle hinunterrann. Und zu jedem Pils einen Korn und eine Kippe. Ein- oder zweimal ging ich aufs Klo und hatte nach meiner Rückkehr sofort wieder ein volles Bier vor mir stehen.

Nach der vierten Herrenrunde schwankte die Inneneinrichtung des *Hanseaten* bereits bedenklich. Der

Wurstmann hielt einen fieberhaften Monolog über die Durchtriebenheit der Weiber, während ich mühevoll mit der *Aldi*-Pizza kämpfte, die ich mir als Grundlage für den Kneipenbesuch reingezwängt hatte.

»... und dann seh ich ausm Augenwinkel, wie dieses Drecksflittchen ganz hinten in der Ecke mit meinem Kumpel rumleckt ... Kannst du dir das vorstellen? Hey, Torsten, alles senkrecht?«

»Klar doch ... Aber ich glaub, ich werd demnächst mal losstratzen. Hatte nix gegessen heute Abend, da haut der Stoff hier ganz schön rein ...« Beim Aufstehen fühlte ich mich wie nach zwei Stunden im Kettenkarussell. Ich riss beinah den Barhocker um. Höhnisches Gelächter aus den schummrigen Sitzgruppen, Winfried brummelte irgendwas von wegen *Jugend von heute*.

»Na, Junge, das sieht mir ja schwer nach Schlagseite aus«, urteilte mein Saufkumpan. »Komm, ich fahr dich nach Hause.«

»Ach Quatsch, das kurze Stück kann ich laufen.«

»Laufen? Du kannst ja kaum noch geradeaus pissen, Kollege!«

Ich schaffte es ohne größere Komplikationen zur Tür, während der Wurstmann mit großen Scheinen unsere Zeche bezahlte. Draußen im Frühlingsabend ging es mir sofort etwas besser, der Wunderdroge Sauerstoff sei Dank.

Der Wagen des Wurstmanns war ein silberner *Mercedes*. »Geile Karre!«, lobte ich. »Deine Imbissbutze wirft anscheinend ja gut was ab ...«

»Von nix kommt nix. In dem Laden steckt mehr Arbeit, als du denkst ...«

Gemächlich rollten wir durch die nächtliche Vorstadt. Der Wurstmann war schweigsam auf der Rückfahrt, irgendwie war die Stimmung seltsam.

»An der Kreuzung links hoch«, sagte ich, als wir den Siebenfelder Weg entlangfuhren. Der Wurstmann antwortete nicht. Stattdessen bog er rechts ab, die Abfahrt zum *Eurospar*-Supermarkt hinunter. Was sollte das denn jetzt? Der Wagen kam auf dem dunklen Parkplatz zum Stehen.

»Mann, ich hab gesagt, links. Das war rechts, Mann«, lallte ich.

»Jaja. Pass mal auf, wir trinken jetzt hier noch einen Kleinen, und dann fahr ich dich rum. Guck mal da vorne rein ...«

Im Handschuhfach lagen in der Tat mehrere kleine Flaschen *Tisserand*-Weinbrand. Erst jetzt wurde mir klar, dass mein Chauffeur an die zehn Bier und ebenso viele Korn intus haben musste. Es war erstaunlich, dass er überhaupt noch ein Fahrzeug lenken konnte. Wenn uns jetzt die Bullen erwischten, war er seinen Lappen los, und mit dem Imbisswagen war dann auch Sense.

Auf dem leeren Parkplatz war es stockfinster. Der Wurstmann hatte etwas abseits der Müllcontainer geparkt. Er schraubte einen *Tisserand* auf und stellte das Radio an. Ein Song von *Green Day* lief, er musste den bei Jugendlichen beliebten Sender *Delta Radio* eingestellt haben.

Vorsichtig trank ich einen Schluck Weinbrand, hatte aber trotzdem Mühe, dem Wagenbesitzer nicht in seine Bonzenkarre zu reihern. Ich konzentrierte mich darauf, wie der Sänger von *Green Day* sein nichtexistentes Sexualleben beklagte. Wie immer im Vollsuff konnte ich den Drang mitzusingen nicht unterdrücken. Lange schon war ich nicht mehr derart planiert gewesen, ich war wirklich *Holland in Not*.

Dann verschwamm alles in der Dunkelheit des Parkplatzes, die Musik, der Alkohol, die Pizzareklame hinter dem Altglascontainer. Plötzlich hatte ich eine Hand in meinem Nacken. Sie war merkwürdig kalt, massig, als hätte man mir einen Ring Fleischwurst um den Hals gelegt.

»Na, Torsten« – die Stimme des Wurstmanns klang heiser, fast schon hechelnd – »darf ich dir jetzt einen lutschen?«

Der Kneipenbesuch, die Herrengedecke, der Parkplatz: Jetzt erst wurde mir der Sinn und Zweck der ganzen Geschichte klar. Meine jugendliche Naivität kam mir so erbärmlich vor, dass ich laut lachen musste. Ich konnte gar nicht mehr aufhören zu lachen, so absurd war das Ganze.

»Was ist denn so witzig?«, knurrte der Wurstmann gereizt. Wahrscheinlich dachte er, dass ich über ihn lachen würde und nicht über mich.

»Ach nix ... Es ist nur alles so ...« Ich konnte den Satz nicht zu Ende bringen. Meine Gedanken waren wie verknotet. »Fahr mich jetzt einfach nach Hause, okay.«

»Also ... Ja, na gut.«

Fünf Minuten später hockte ich auf dem Bett meines Jugendzimmers und kotzte herzhaft in die Plastiktüte mit dem Computerzubehör. Das gute Zehn-Meter-Netzwerkkabel! Natürlich platzte währenddessen meine Mutter in die Szene. »Was musst du auch immer saufen, bis es dir oben wieder rauskommt ... Ganz der Vater ...«

Dann sackte ich ins Bett, als hätte man mich bewusstlos geschlagen. Das restliche Wochenende über war ich krank, aber diesmal wirklich.

Am Montag in der Schule dann machte ich den Fehler, Maike von meinem Erlebnis zu erzählen. Sie drehte mal wieder vollkommen durch. »Was triffst du dich auch mit so einem Opa? Du kennst den doch gar nicht!«

»Na, hör mal, das ist der Wurstmann ...«

»Ach, ihr immer mit eurem Wurstmann! Wahrscheinlich bist du gar nicht der Erste, mit dem der nachts auf dem Parkplatz gewesen ist!«

»Das glaube ich nicht. Außerdem: Es ist doch gar nichts passiert!«

»Bist du dir da sicher? Ich meine, du warst doch besoffen!« Maike hegte einfach eine inbrünstige Abneigung gegen Alkohol. Ihre Mutter trank jeden Abend und drohte dann hin und wieder damit, sich im Ouzo-Rausch vom Balkon zu stürzen.

»So voll war ich jetzt auch nicht.«

»Ich weiß jedenfalls nicht, ob ich dir trauen kann. Vielleicht habt ihr da wirklich irgendwas gemacht, und es hat dir sogar gefallen ...?«

Nur mühsam konnte ich Maike in den folgenden Tagen davon überzeugen, dass ich keine Zärtlichkeiten mit einem perversen Imbissbudenbesitzer auf dem *Eurospar*-Parkplatz ausgetauscht hatte. Natürlich gelobte ich, nie wieder zum Wurstmann zu gehen. Ich schwor sogar eine Zeit lang dem Alkohol ab und lernte mal wieder ein bisschen fürs Abi.

Nach etwa zwei Wochen beschloss ich jedoch, den alten Grabscher zur Rede zu stellen. Es war ja, wie Maike gesagt hatte: Vielleicht war ich gar nicht der erste ahnungslose Oberstüfler, der auf einem einsamen Supermarktparkplatz seine Wurstgriffel zu spüren bekommen hatte?

Als ich an der Bude auftauchte, tat der Wurstmann, als wäre nichts passiert. Für einen kurzen Augenblick überlegte ich, ob ich mir die Geschichte vielleicht doch nur eingebildet hatte.

»Was denn, kein *Holland* heute?«, fragte der Budenbesitzer erstaunt, als ich das obligatorische Begrüßungsbier ablehnte.

»Ich wollte da mal was klären«, knurrte ich. »Wegen neulich ...«

»Neulich? Was meinst du?«

»Da auf dem Parkplatz, nach dem *Hanseaten* ...«

»Wo du total blau warst.«

»Ja, blau war ich. Aber ich weiß noch, was abging.«

Jetzt setzte der Wurstmann ein ernstes Gesicht auf. »Soso, was ging denn deiner Meinung nach ab, Kollege?«

»Na, du weißt schon. Dass du mir einen lutschen wolltest.«

»Einen *lutschen*?«

»Ganz genau.«

»Junge, du warst so besoffen, ich glaub, du hast da was durcheinandergekriegt ...«

»Was zum Teufel soll man da durcheinanderkriegen?«

»Hör mal, Kollege, ich hab vielleicht gefragt, ob wir zusammen *noch einen lutschen* wollen. *Einen lutschen*, kennst du das nicht? Einen saufen! In Hamburg sagt man das so: Komm, jetzt *lutschen* wir noch einen zusammen!«

»Nee, das hab ich noch nie gehört.«

»Tja, Kollege, man lernt eben nie aus.«

Das war so ziemlich das Dümmste, was ich in meinem neunzehnjährigen Leben gehört hatte. Jetzt war ich immerhin sicher, dass ich alles genau so verstanden hatte, wie es gemeint gewesen war.

Die letzten Wochen meiner Karriere als Gymnasiast vergingen wie im Zeitraffer. Abipartys, Klausuren, Zwischenbesäufnisse, noch mehr Abipartys, und dann war auch schon Abiball.

Die zwei Jahrgangsbesten dankten in ihrer strunzdummen Abirede allen Lehrkräften unterwürfigst für das ach so wichtige Rüstzeug, das man für eine erfolgreiche Zukunftsgestaltung erhalten habe, den Mitschülern für die tollste Zeit des Lebens und so weiter und so weiter.

»Und natürlich müssen wir auch dem Wurstmann danken für die vielen feuchtfröhlichen Freistunden, die wir an seiner Bude verbringen durften!«

Schwachsinniger ging es kaum noch. Die beiden Vollstreber waren nun wirklich die Letzten, die beim Wurstmann feuchtfröhliche Stunden verbracht hatten. Dennoch: Großes Gejohle, »Wurstmann! Wurstmann!«, wurde skandiert. Es hätte noch gefehlt, dass der Gefeierte als Ehrengast zugegen gewesen wäre, am besten mit einem Herrengedeck in der Hand.

Als der Abiball von der feierlichen Festveranstaltung in ein brachiales Besäufnis hinüberglitt, war der Wurstmann das große Thema.

»Auf den Wurstmann! Ex! *Holland, Hollaaand!!!*«

»Ey, lass mal rüber zur Bude, vielleicht hat der Wurstmann noch auf!«

»Wenn ich eins an dieser scheiß Schule vermissen werde, dann unsere geilen Runden beim Wurstmann!«

Und so weiter und so fort. Nur zu gern hätte ich die beschwipsten Abiturienten darüber aufgeklärt, dass sich hinter ihrem kultigen Bierdealer in Wirklichkeit ein erbärmlicher Lustmolch versteckte. Allein, was hätte ich davon gehabt? Sollten die Trottel doch in fünfzig Jahren ihren Enkeln die Geschichten vom Wurstmann und ihrer wilden Schulzeit zwischen Bratwurst und Bierdosen erzählen. Außerdem hätte mir wahrscheinlich ohnehin niemand geglaubt. Als Nestbeschmutzer und Aufschneider hätte man mich abgestempelt: »Das denkst du dir nur aus, um dich wichtig zu machen«, »Das hättest du wohl gerne so gehabt, Schwuchtel«, »So redet man nicht von unserem Wurstmann! Komm her, jetzt kriegst du auf die Fresse ...«

Gute zehn Jahre später lehne ich am Tresen meiner Stammkneipe auf dem Hamburger Kiez und halte nach Mädchen Ausschau. Die Geschichte mit dem Wurstmann habe ich inzwischen fast schon vergessen. Plötzlich spricht mich jemand von der Seite an: »Torsten? Torsten Löscher, Gymnasium Rakelsbusch?«

Ich muss zweimal hinschauen, bevor ich ihn erkenne, doch es ist mein ehemaliger Mitschüler Kai. Er sieht deutlich besser aus als damals, amtlich frisiert, durchtrainiert und im stylischen Hemd mit Stehkragen. Mir sind solche Begegnungen mit Ex-Mitschülern immer etwas unangenehm, zumal mein Gegenüber beruflich in der Regel weitaus erfolgreicher dasteht als ich, dessen strahlende Zukunft am Schreibtisch eines Großraumbüros zum Erliegen gekommen ist.

Kai hat erwartungsgemäß Informatik studiert und ist offenbar eine große Nummer in der Internetbranche. Nach dem üblichen höflich-verkrampften Wortwechsel gibt es eine Pause, schweigend gucken wir den Mädchen auf der Tanzfläche zu.

»Erinnerst du dich eigentlich noch an den Wurstmann?«, fragt Kai plötzlich.

»Klar. Der Wurstmann, natürlich.«

»Jetzt stell dir vor, der ist *tot!*«

»Wie bitte?!?«

»Ja. Tot! Hat meine Mutter erzählt, stand in der *Markt am Sonntag*. Hat sich im Suff zu Tode gefahren. *Imbiss-Unternehmer stirbt bei Alkoholfahrt,* so in etwa. Über drei Promille hatte der im Blut. Angeblich war er Alkoholiker ... Komisch, hab ich nie was von gemerkt. Vielleicht lief auch das Geschäft nicht mehr, nachdem unser Jahrgang von der Schule weg ist, haha.«

Ich nehme einen großen Schluck *Astra*. Der Wurstmann ist also tot, liegt mit seinen schmierigen Fleischwurstfingern und ein paar kleinen Geheimnissen unter der Erde. »Na ja, ordentlich gesoffen hat der auf jeden Fall«, sage ich.

»Ach ja? Kanntest du den eigentlich näher? Bist doch damals ziemlich oft bei ihm an der Bude gewesen.«

»Ich? Ach was, ich kannte den auch nicht besser als ihr.«

Dann wende ich mich wieder der Tanzfläche zu, von wo mir eine süße Brünette gerade zugelächelt hat. Zumindest glaube ich das. So ganz sicher sein kann man sich bei solchen Sachen ja nie.

Mitarbeiter des Monats

Wie in jeder Nacht vor einem Coaching hatte Malte auch in dieser so gut wie kein Auge zubekommen. Nachdem er sich mit einem halben Liter *Lidl*-Wodka in den frühen Morgenstunden notdürftig in einen unruhigen Schlaf getrunken hatte, schob er um 9:58 Uhr träge und kopfschmerzgeplagt seine Zeitkarte in die Stechuhr.

»Na, dit is aber 'n büschen knapp bemessen«, schnauzte ihn das unsympathische Schichtleiter-Wesen an, das wie so viele Kollegen aus einem der neuen Bundesländer stammte und bei dem Malte sich immer noch unsicher war, ob es sich um Mann oder Frau handelte. Mürrisch entgegnete er irgendein dumpfes Gemurmel, das man mit viel Fantasie als »Wieso denn, bin doch vor zehn da« deuten konnte, und unterschrieb mit dezentem Händezittern die Datenschutzerklärung.

»Du hast Rechner Nummer 28, Mitte links am Gang. Und denk dran, heute sind die Coachings!«, klärte ihn das Geschöpf mit den sonderbar androgynen Gesichtszügen auf. Was du nicht sagst, du bescheuerter Freak, dachte Malte, während er sich missgelaunt an seinen Einsatzort schleppte. Als ob es in den letzten Tagen ein anderes nennenswertes Thema in seinem Kopf gegeben hätte als das gottverdammte Coaching! Ein bisschen kam es ihm vor, als ob er zu seinem eigenen Hinrichtungstermin erschienen wäre.

Allein dieses Wort: *Coaching!* Ein noch dämlicherer Euphemismus hätte diese leider vollkommen legale Art der Folter kaum umschreiben können. Laut Mitarbeiter-Merkblatt diente das im Monatsrhythmus durchgeführte Verfahren »dem beidseitigen Austausch mit einem erfahrenen Mentor, um Stärken und Schwächen des Agenten herauszuarbeiten, individuelle Leistungsziele zu definieren und gemeinsam auf eine Wohlfühlsituation am Arbeitsplatz hinzuarbeiten«.

Es war so ziemlich der größte Schwachsinn, den die an Schwachsinn nicht unergiebige Mitarbeiterbroschüre von *Centersolutions* hergab. De facto war ein Coaching nichts anderes als eine entwürdigende Leistungsüberprüfung in Echtzeit, bei dem sich ein *Mentor* genannter Hinrichtungshelfer neben den bemitleidenswerten Agenten pflanzte, um ihm live und in Farbe bei seiner Stümperei zuzusehen. Statt eines beidseitigen Austauschs notierte der Mentor lediglich feinsäuberlich Fehler und Versäumnisse seines Opfers in einem Berichtsbogen, um ihm diese in einem anschließenden Einzelverhör um die Ohren zu hauen. In Maltes Fall erschwerte zusätzlich zu einer kompletten Nichteignung für den Beruf des Telefonberaters seine seit der Schulzeit bestehende Prüfungsangst die Prozedur, weshalb jedes der bisherigen Coachings in einem Desaster aus Zitteranfällen, totalen Blackouts und grotesk zusammengestammelten Telefonaten geendet war.

Und all das nun mit einem mittelschweren Kater im Kopf und anderthalb Stunden alkoholischem Halbschlaf im Rücken. Kraftlos ließ Malte sich in seinen Drehstuhl sinken und erlaubte sich, während der Rechner hochfuhr, einen Rundblick durch das Großraumbüro. Nahezu vollzählig war sie heute mal wieder angetreten, die blutleere, desillusionierte Horde aus Studienabbrechern, gescheiterten Ich-AGs, alkoholkranken Ex-Akademikern und Langzeitarbeitslosen, die vom Jobcenter zu dieser »anspruchsvollen Telearbeit in der boomenden Kommunikationsbranche bei freier Zeiteinteilung« verdonnert worden war. Interessanterweise hatte sich ausgerechnet Malte als einer der wenigen Mitarbeiter aus freien Stücken bei *Centersolutions* beworben, als ihm nach ein paar Wochen der Arbeitslosigkeit klar geworden war, dass sein mickriges Hartz-IV-Salär zur Finanzierung seiner Angewohnheit, unter massivem Alkohol- und Drogeneinfluss Frauen auf dem Hamburger Kiez aufzureißen, von vorn bis hinten nicht ausreichen würde.

»Mit uns den Karriereturbo zünden!«, hatte die Stellenanzeige Malte großspurig in Aussicht gestellt, als er vor fünfeinhalb Monaten hier angeheuert hatte. Inzwischen wusste er, dass man bei *Centersolutions* sehr wohl den Turbo zünden konnte, aber nur, um seine Karriere mit atemberaubender Geschwindigkeit gegen die Wand zu fahren.

Malte gab seine gefühlt sechsundneunzig Passwörter ein und setzte sein *Logitech*-Headset auf, das ihm heute mal wieder wie eine Dornenkrone vorkam. Natürlich, Malte Kröpsch war nicht Jesus von Nazaret, aber ebenso wie der Erlöser der Menschheit würde er in den nächsten Stunden leiden müssen, das war fast noch sicherer als der Tod.

Bevor ihn eine Panikattacke von der Arbeit abhalten konnte, loggte Malte sich in die Ticketrolle *Deltaphone Kündigungen unbearbeitet* ein und rief seinen ersten Fall auf: Ein gewisser Jochen Kalitzki aus Rostock forderte die umgehende Kündigung seines Festnetzvertrags, da er »auch nach zwei Wochen immer noch nicht angeschalten« sei. Jetzt lag es in Maltes Hand, zu entscheiden, wie der Weltkonzern *Deltaphone* auf den renitenten Vertragskunden reagieren würde. Sollte Malte Barmherzigkeit zeigen und Herrn Kalitzki großmütig aus dem ungeliebten Vertragsverhältnis in die telekommunikative Freiheit entlassen? Das kannst du knicken, grollte Malte, denn er hegte eine massive Abneigung gegen jenen erstaunlich weitverbreiteten Kundentyp, der den grammatikalisch falschen Ausdruck *angeschalten* verwendete. Also den Kunden telefonisch informieren, dass ein nicht erfolgter Anschluss keineswegs eine rechtskräftige Grundlage zur Auflösung des Vertragsverhältnisses darstellte. Zum Glück hatte Herr Kalitzki ja noch keinen Telefonanschluss, auf dem Malte ihn mit seinem unqualifizierten Gestotter hätte belästigen können, und auch eine Mobilnummer hatte der Kündigungswillige nicht in seinen Stammdaten hinterlegt. Also eine E-Mail. Verdammt, wo lagen noch gleich die Textbausteine zum

Thema *Negative Info zur Kündigung?* Im Chaos aus Ordnern und Unterordnern fand sich Malte wieder mal nicht zurecht. Also frei formulieren. *Das ist doch dein Ding, du bist schließlich Schriftsteller!* Er musste an das Chaos im Ordner *Eigene Dokumente* auf seinem privaten PC denken, welcher mehrere Romananfänge, halb fertige Kurzgeschichten, einen Haufen hirnrissige Gedichte und damit absolut nichts enthielt, was ihn in absehbarer Zeit aus dieser Callcenter-Hölle hinauskatapultieren würde.

Maltes Konzentration wurde zusätzlich getrübt durch den Umstand, dass im Zuge der Coachings drei Mentoren das Großraumbüro durchkämmten. Wie Piraten auf Kaperfahrt bewegten sie sich systematisch von Viererinsel zu Viererinsel, von Agent zu Agent, nach und nach gingen sie vor den Schreibtischen ihrer Opfer vor Anker, prüften, observierten und kritzelten ihre Klemmbretter voll.

Welcher der Mentoren würde sich heute Maltes Wenigkeit annehmen? Vielleicht der redselige Mittdreißiger Holger, bekennender *PUR*-Fan und Whisky-Cola-Liebhaber, immer einen flotten Flachwitz auf den Lippen, außer wenn jemand seinen über alles geliebten Arbeitgeber durch Unfähigkeit oder Faulheit zu beleidigen wagte? Oder Stefan, der zum Spießbürgertum bekehrte Ex-Punk, der den Hauptbahnhof erstaunlicherweise gegen eine Doppelhaushälfte in Langenhorn getauscht hatte und der nun mit nahezu sadistischer Hingabe versuchte, seine unrühmliche Vergangenheit durch die Demontage junger Versager auszuradieren?

Oder vielleicht doch lieber Jana, die attraktive Achtundzwanzigjährige, charmant und witzig, gescheiterte Germanistikstudentin wie Malte selbst und als frischgebackene Mentorin noch am ehesten mit Empathie für die Belange der einfachen Agenten gesegnet?

Der Fall war klar: Egal wer, Hauptsache, nicht Jana. Mit sich schlagartig verstärkendem Kopfschmerz rief sich Malte seine Sauftour vom vorletzten Wochenende ins Gedächtnis, als er im grenzwertigen Zustand um halb fünf im *Ex-Sparr* plötzlich seiner zauberhaften Kollegin gegenübergestanden hatte. Selbstverständlich hatte Jana seinen erbärmlichen Annäherungsversuch souverän abgeschmettert, der nahezu epische Kater am Morgen danach mit all seiner unerträglichen Scham und Reue war Malte noch in unangenehmster Erinnerung. Seitdem mied er Jana, wo er konnte, im Falle eines Coachings bei seiner unerreichbaren Flamme würde er seine berufliche Laufbahn möglicherweise durch einen beherzten Sprung aus dem Panoramafenster abkürzen müssen.

Heute aber schien das Glück ausnahmsweise mit Malte zu sein: Jana arbeitete sich durch die gegenüberliegende Hälfte des Großraumbüros, während Holger und Stefan nach und nach seine Inselnachbarn auseinandernahmen. Malte atmete tief durch und klickte auf die Pausentaste im Zeiterfassungstool. Für eine Toilettenpause gewährte *Centersolutions* seinen Untergebenen gnädigerweise ein Zeitfenster von 180 Sekunden, wer es zu überschreiten wagte, musste sich vom Schichtleiter schon mal unangenehme Fragen bezüglich seiner Ausscheidungsgewohnheiten gefallen lassen. Mit geübten Handgriffen überführte Malte unauffällig das mit Restwodka von letzter Nacht befüllte Fläschchen aus dem Rucksack in seine Hosentasche und verließ seinen Arbeitsplatz.

Auf Höhe von Rechner 6 wurde er angesprochen. »Pssst ... Malte, Süßer!« Jovan, der übergewichtige schwule Serbe, winkte ihn zu sich heran. Malte zog eine genervte Grimasse und deutete auf eine imaginäre Uhr an seinem Handgelenk. Nachdem er sich vergewissert hatte, dass Mentoren und Schichtleiter abgelenkt waren, huschte er aber diskret zu seinem Kollegen hinüber und ging wie ein Soldat in einem Kriegsfilm hinter dessen Schreibtisch in Deckung.

»Schnucki, pass auf«, flüsterte Jovan, »einmalige Gelegenheit, nur heute! Zwei Gramm superstarkes Pep für 'nen Zehner. Mein Cousin hat 'ne große Lieferung aufgetan ... Megapotentes Zeug! Wie sieht's aus, Alter?«

»Hm, weiß nicht ...«, murmelte Malte. In Sachen Speed war er zwiegespalten: Einerseits schätzte er die lang anhaltende aufputschende Wirkung der preisgünstigen Droge, andererseits hatten ihm die mit Speedkonsum verbundenen Potenzschwierigkeiten schon zielsicher den einen oder anderen One-Night-Stand vermasselt.

»Komm schon, Puschel!«, säuselte Jovan und strich sich über den schwarzen Backenbart, der sein bulliges Gesicht zierte. »Du schlurfst hier immer wie so 'n nasses

Handtuch durch die Gänge, du brauchst mal was, das dich in Fahrt bringt. Mann, zwei Gramm für zehn, da zahlst du aufm Kiez glatt das Doppelte!« Jovan gewährte Malte einen kurzen Blick auf das appetitlich dicke, aus einem pinkfarbenen *Post-it* gefaltete Briefchen in seiner Hosentasche. »Genau das Richtige für 'ne Kieztour. Eine Nase, und du kannst durchsaufen bis mittags ...«

Dieses Argument sollte Malte schnell überzeugen. »Na gut, dann gleich aufm Klo.«

Bevor er das verhasste Büro verlassen konnte, fiel Maltes Blick unweigerlich auf das Stück Wand neben der Eingangstür, welches die Führungskräfte hochachtungsvoll *Wall of Fame* und die Agenten hochverächtlich *Wall of Shame* nannten. Hier prangte das gerahmte Porträt vom aktuellen *Mitarbeiter des Monats* – eine Malte vollkommen unbegreifliche Sitte, die *Centersolutions* mutmaßlich aus der Konzernheimat im fernen Kalifornien importiert hatte. Die Ehre einer Auszeichnung zum *Mitarbeiter des Monats* wurde jeweils dem Agenten mit der höchsten Fallbearbeitungsquote zuteil, und dies war im Monat März Jens Heitmann gewesen, ein adipöser Vierzigjähriger, der noch bei seiner Mutter wohnte und in der stoischen Abfertigung von *Deltaphone*-Kundenanfragen offenkundig seinen idealen Daseinszweck entdeckt hatte. Malte mühte sich, Augenkontakt zu Heitmanns ausdruckslos ins Callcenter hineinglotzender Visage zu vermeiden, erinnerte sie ihn doch immer wieder daran, dass es wirklich Menschen gab, die diesen

sinnlosen Job mit so etwas wie Fleiß und Hingabe aus-
übten.

Auf dem Klo vergewisserte Malte sich, dass die Luft
rein war, und kippte gleich vor dem Spiegel die Hälfte
des Fläschchens hinunter. Er musste an *Asterix* denken,
den er als Kind begeistert gelesen hatte, und an den
Zaubertrank, der den Galliern magische Kräfte verlieh.
Ganz ähnlich war es auch im Fall von Malte bestellt, aber
statt des hageren Druiden Miraculix erschien nun der
massige Torso von Jovan im Waschraum, um ihm sein
Zauberpulver zu überreichen. Malte bezahlte seinen
Dealer und steckte das Briefchen ein.

»Hey, Mann, lass doch mal ’ne schnelle Bahn legen!«,
schlug Jovan vor und grinste gierig.

»Lass mal«, wehrte Malte ab, »ich hab gleich
Coaching.«

»Na und? Ich bin ja auch noch dran. Hab mir gleich
nach dem Aufstehen schon was reingezogen ... Alter, wir
werden die Kunden in Grund und Boden quatschen, sag
ich dir!«

Wieder genügte ein einziges Argument, um Maltes
Widerstand zu brechen. Jovan arbeitete nicht zufällig
schon seit drei Jahren auf der Rolle *Kundenrückgewin-
nung*, er war der geborene Telefonverkäufer.

»Okay, aber schnell, die Uhr tickt«, sagte Malte.

»Sauber, Alter!«

Die beiden glitten in eine der Kabinen, wo Jovan mit
routinierten Handgriffen die waschpulverartige Droge
zu zwei schnurgeraden Linien formte. Dann hielt er

Malte den zu einem Röhrchen gerollten Zehner hin. »Frauen und Kinder zuerst!«

Das Speed roch unangenehm heftig nach Chlor und brannte schmerzhaft auf Maltes Schleimhaut, von dort aus schien es sich ihm ohne Umwege direkt ins Gehirn zu fressen. »Alter, das Zeug brennt ja wie Sau!«, jammerte Malte.

»Ich sag doch, das ist harter Stoff. Du musst halt mehr üben, haha!«, gab Jovan zur Antwort und zog gekonnt seine Line, ohne mit der Wimper zu zucken. »Geht gut ab, oder? Viel Spaß nachher beim Coaching, Schnuckel!«

Jovan hatte nicht zu viel versprochen. Die Wirkung des Amphetamins traf ihn mit Wucht, Malte fühlte, wie sich seine Muskeln an den Knochen festkrampften, sein ganzer Körper stand wie unter Strom. Er stammelte ein paar lobende Worte bezüglich der Drogenqualität, dann kehrten sie zurück ins Callcenter, mühsam ein idiotisches Grinsen unterdrückend.

Was er dort sah, gefiel Malte ganz und gar nicht. Zwei Frauen standen an seinem Schreibtisch, sie schienen ihn bereits zu erwarten. Die eine war Jana, kaugummikauend und mit dem Klemmbrett in der Hand, die andere war Melli, die Callcenter-Leiterin. Was zur Hölle hatte das zu bedeuten?

»Herr Kröpsch, wie schön, dass Sie uns auch mal wieder beehren!«, witzelte Melli, ohne zu lächeln, und zog den Bürostuhl für Malte zurück, als würde sie ihm einen Platz am Schafott zuweisen. Die Chefin war Anfang dreißig und hatte wie fast alle Führungskräfte bei

Centersolutions als einfache Agentin angefangen, jetzt war sie unangefochtene Herrscherin der *Kundenbetreuung Deltaphone Festnetz*, eine gutmütige, aber strenge Mutter, die aus der chaotischen Abteilung eine der effizientesten der Niederlassung gemacht hatte. Malte setzte sich und konnte sofort spüren, wie er feuerrot anlief, sein ganzes Gesicht schien in Flammen aufzugehen, denn jetzt stand Melli hinter ihm, wie immer im weißen, halb durchsichtigen Oberteil, unter dem sich ihr BH deutlich abzeichnete. Erst gestern Abend, sozusagen als Einschlafhilfe, hatte Malte mal wieder herzhaft auf seine vollbusige Vorgesetzte masturbiert. Melli war rothaarig, blass und am ganzen Körper mit einem Universum von Sommersprossen übersät, ein Frauentyp, der Malte schon immer zur sexuellen Verzweiflung getrieben hatte. Und dann dieser riesige, unverhohlen zur Schau gestellte Busen, der eine Mauer zwischen ihnen zu bauen schien, denn Mellis Geschlechtsorgane lagen im Verfügungsbereich von Dirk Steinhäuser, dem dynamisch-eloquenten Personalmanager von *Centersolutions*, einem karrieregeilen Unsympathen, der sich kürzlich sogar mit ihr verlobt hatte. Malte schoss der Schweiß aus sämtlichen Poren. Dass Jana, wie ihm inzwischen klar geworden war, sein Coaching durchführen würde, war grausam genug, aber was um alles in der Welt wollte Melli von ihm?

»Zeit für dein Coaching, Malte!«, klärte die Chefin ihn auf. »Die liebe Jana wird dir heute mal ein bisschen auf den Zahn fühlen. Und weil Jana noch nicht so lange

Mentorin ist, schaue ich ihr dabei über die Schulter. Ein doppeltes Coaching sozusagen!«

Fassungslos starrte Malte seine Vorgesetzte an. War diese harsche Walküre dieselbe Frau wie die aus seiner Fantasie, die sich ihm gestern Abend noch leidenschaftlich auf dem Schreibtisch ihres Glaskastenbüros hingegeben hatte?

»Alles klar, Malte?«, schaltete sich Jana jetzt in das Gespräch ein. Sie hatte auf einem Drehstuhl neben Malte Platz genommen und hielt Klemmbrett und Kugelschreiber wie Waffen vor ihren zierlichen Körper. »Du siehst ein bisschen nervös aus. Keine Sorge, wir fressen dich schon nicht auf!«

Schade eigentlich, dachte Malte, der es durchaus begrüßt hätte, wenn die beiden Traumfrauen seinen nutzlosen Leib von der Erde getilgt hätten.

»Jana erzählte mir schon, dass du unter Prüfungsangst leidest«, sagte Melli. »Das haben wir im Hinterkopf. Mach dir keinen Druck, okay? Wir gucken dir einfach kommentarlos zu, und du arbeitest ganz in Ruhe, so wie immer.«

»Genau, alles ganz easy!«, pflichtete Jana bei und schob wie zum Beweis, dass wirklich alles ganz easy war, ein paar herzhafte Kaugummischmatzer hinterher.

Malte erwog einen Moment, schreiend aus dem Callcenter zu rennen, aber jetzt meldete sich wieder das Amphetamin in seinen Adern. Nein, Malte Kröpsch war kein kleiner Versager! Von wegen Prüfungsangst, die arroganten Weiber sollten mal sehen, was er am Headset so draufhatte!

»Kein Problem, los geht's!«, rief er, vielleicht einen Tick zu laut, wirbelte zur Verblüffung des Coaching-Komitees schwungvoll mit seinem Drehstuhl herum und packte mit einer groben Handbewegung die Maus, als wolle er sie zerquetschen.

Malte rief einen Fall auf und drehte seinen inneren Konzentrationsregler auf volle Pulle. Sein Kiefer krampfte und mahlte in kreisenden Bewegungen, während er den Scan des Kundenbriefs überflog, den eine Paula Hansen handschriftlich und kaum leserlich verfasst hatte. Malte kam ans Ende des Schreibens, ohne seinen Sinn zu erfassen, fast schon kam er sich vor wie ein Archäologe vor einer Hieroglyphenschrift. Er las noch einmal, diesmal vom Ende zum Anfang, suchte nach Lichtungen in diesem Dickicht aus entstellten Buchstaben, die keinerlei Bezug zueinander zu haben schienen. Dann aber, im vorletzten Absatz, las Malte schließlich »fristgemäße Kündigung« heraus. Er warf einen Blick auf die Kundendaten und beschloss, Maßnahmen zu ergreifen. Der Fall war so gut wie gelöst! Fristgemäße Kündigung, nun ja, netter Versuch, da war Frau Hansen aber an den falschen geraten! Gleich wirst du staunen, du Tittenmaus mit deinem blöden Dirk Steinficker, und du erst, kleine Möchtegern-Mentorin, mich hast du das letzte Mal aufm Kiez abblitzen lassen! Headset auf, hier kommt der König der Callcenter, erster Anrufversuch: »*Wunderschönengutentag,* hier ist die *Deltaphone*

Kundenbetreuung, Malte Kröpsch mein Name, spreche ich mit Frau Hansa Paulsen? *Schöndassichsieerreiche ...*«

Es war, wie Jovan versprochen hatte: Malte redete seine Gesprächspartnerin *in Grund und Boden*, hier saß ausnahmsweise er mal am längeren Hebel, er war der Herr der Telefonverträge, der Meister und Macher in diesem Gewirr aus Drähten, Leitungen, Zahlen und Zeichen, Daten und Fakten, sein Wille war Gesetz. Die Worte donnerten aus ihm heraus wie aus einem berstenden Staudamm, er redete schneller, als er denken konnte. »... und deswegen kommt die Kündigung nicht infrage, nein, jetzt hören *Sie mir* zu, *Sie* haben die geschäftlichen Allgemeinbedingungen ja unterschrieben, Frau Pansen, wo kämen wir denn da hin, Sie haben es hier mit einem Weltkonzern zu tun, gute Frau, hören Sie, nein, ich mache da keine Ausnahme ...«

Inzwischen schien es Malte, als würde er sich selbst beim Reden zuhören, ja, als ob gar jemand anders für ihn reden würde, als säße da jemand in seinem Kopf, der nun die Kontrolle übernommen hatte, ein starker, neuer Malte saß am Steuer, selbstsicher und weltgewandt, und dieser brandneue Malte, der imstande war, es mit der ganzen Welt aufzunehmen, sah nun, wie Jana zur Maus griff und auf *Gespräch halten* klickte. »Verdammt noch mal, Malte! Was bitte stimmt denn nicht mit dir?«

Malte hatte keinen Schimmer, was mit ihm nicht stimmen sollte. Bisher war doch alles großartig gelaufen! Er blickte fragend in Janas und Mellis schockierte

Gesichter, die aussahen, als hätten sie gerade einen schweren Unfall beobachtet.

»Jana, übernimm das bitte«, befahl Melli. »Beruhige die arme Frau, bestätige ihr die Kündigung und mach ihr 'ne Gutschrift über zehn Euro fertig.«

»Alles klar«, antwortete Jana und übernahm das Telefonat auf ihr Headset. Mellis Gesicht war eben noch wutverzerrt gewesen, wie immer, wenn sie sich aufregte, glich sie ein wenig dem Geschöpf Gollum aus *Der Herr der Ringe*, ihre Augen weiteten sich und traten aus den tiefliegenden Höhlen hervor, nun aber, da sie sich Malte ansah, schien ihr Zorn einem Ausdruck von Sorge zu weichen. »Sag mal, ist wirklich alles in Ordnung mit dir?«

Malte saß schweißgebadet in seinem Sessel, die Hände in die Armlehnen gekrallt, seine Zähne klapperten, fast hätte man sagen können, er habe *Schaum vor dem Mund.*

»Ganz ruhig, Malte. Flach und tief atmen. Schau mir in die Augen. Es ist alles gut. Geht's wieder?«

Malte wollte antworten, aber seinem Mund entwich nur ein kränkliches, heiseres Stöhnen.

»Musst du auf die Krankenstation?«

»Nee ...«, brachte er röchelnd heraus.

»Dann lass uns mal in mein Büro gehen. Obwohl, nein: Ein Besprechungsraum wäre, glaube ich, besser.«

Jetzt registrierte Malte auch, dass sein Auftritt bei den Kollegen nicht unbemerkt geblieben war. Ein Haufen neugieriger Telefonberater reckte sensationsgeil die

Hälse, als er durch den Mittelgang hinter Melli hertrabte, einige schmunzelten verstohlen und schadenfroh, andere wandten sich schnell ab und blickten beschämt auf den eigenen Monitor. Was jedoch höchstwahrscheinlich alle dachten, war: *Hauptsache, nicht ich.*

Der Besprechungsraum 3, welcher traditionell der Nachbereitung der Coachings diente, war ein winziger fensterloser Raum, dessen Einrichtung lediglich aus einem Tisch und zwei Stühlen bestand, es war regelrecht ein Verhörzimmer. Melli starrte eine Weile schweigend in ihr Notebook, dann holte sie tief Luft und wandte sich an den Angeklagten: »Gut, Malte, ich will gar nicht lang und breit auf das Coaching eingehen. Ich denke, dass du mit Drucksituationen einfach nicht umgehen kannst, daher will ich deinen schlimmen Auftritt von vorhin mal abhaken. Was ich aber mit dir besprechen möchte, ist Folgendes ...«

Für einen winzigen Augenblick dachte er, dass sie vielleicht mit ihm über ihr Liebesleben mit Dirk Steinhäuser reden wollte. Wie sich herausstellen würde, war Melli nämlich seit einiger Zeit sexuell unzufrieden in ihrer Beziehung. Sie hätte Maltes Blicke auf ihren Busen bemerkt, und jetzt würde sie ihn zu sich bitten, ihr enges weißes Top hochschieben und seinen Kopf dorthin drücken, wo sie ihn sich schon heimlich gewünscht hatte, seit sie ihn das erste Mal ...

Stattdessen drehte Melli den Laptop, auf dessen Bildschirm viele Zahlen und sehr viele Nullen zu sehen waren, zu Malte herum. »Das hier sind deine Fallzahlen vom letzten Monat«, sagte sie. »Du liegst bei 1,8 Fällen pro Stunde, und wie du sicherlich weißt, sind 4 Fälle pro Stunde das Ziel, wo ich euch *Agents* zum Ende eurer Probezeit hinbringen will. Oder eher – hinbringen *muss*.« Melli sah jetzt sehr ernst aus, beinahe unglücklich. »Im Vormonat hattest du noch 2,2 Fälle geschafft. Damals dachten wir: Der Malte ist auf einem guten Weg. Jetzt sind deine Leistungen leider rückläufig. Außerdem zeigt die Zeiterfassung, dass du regelmäßig zu spät kommst und deine Pausenzeiten überschreitest.«

Malte, der sich seit Tagen schon einen ganzen Haufen Ausreden und Rechtfertigungen für das Coaching-Gespräch zurechtgelegt hatte, wollte sein Plädoyer abspulen, doch Melli bedeutete ihm mit einer schnellen Handbewegung, dass sie noch nicht fertig war. »Bevor wir hier unnötigerweise anfangen zu diskutieren: Deine Probezeit endet nächsten Monat, und da kommen wir eben nicht drum herum, eine Bilanz zu ziehen. Ich habe mich mit den Mentoren über dich ausgetauscht, und wir sind alle der Meinung ... na ja, dass dieser Job hier nicht der richtige für dich ist. Versteh mich nicht falsch, Malte, du bist ja nicht dumm, aber Zahlen lügen nun mal nicht. Diese Branche ist verdammt hart, und wir können nur die Besten behalten. Du findest bestimmt einen Job, der besser zu dir passt. Aber, na ja, sagen wir mal so: Du solltest vielleicht ... nicht unbedingt was mit Menschen machen.«

Malte hatte Mühe, ein Grinsen zu unterdrücken. So treffend hatte wohl noch niemand eine Einschätzung bezüglich seiner beruflichen Eignung formuliert. Dann aber musste er an die Schreckschraube vom Jobcenter denken, bei der er in den nächsten Tagen wieder vorstellig werden müsste, und verspürte augenblicklich das unbändige Verlangen, sich besinnungslos zu trinken.

»Das ... also, das war's dann?«, fragte er etwas plump.

»Ja, Malte, das war's«, antwortete Melli sanft und bestimmt zugleich. »Du kannst die letzten zwei Wochen noch abarbeiten, aber wir stellen dich auch gerne sofort frei. Geh einfach zu Birgit in die Perso, die macht dir die Unterlagen fertig.«

»Und heute?«, fragte Malte. »Also, muss ich heute noch ...?«

»Nein, lass gut sein«, antwortete Melli und machte eine abwehrende Handbewegung, als wolle sie ihn um alles in der Welt davon abhalten, weiteren Schaden anzurichten. »Hol deine Sachen und logg dich ganz normal aus.«

»Kann ich erst mal eine rauchen gehen?«, fragte Malte und wunderte sich umgehend, dass er die Frau, die ihn gerade entlassen hatte, dafür um Erlaubnis bat.

»Klar, natürlich!«, antwortete Melli. »Nimm dir alle Zeit, die du brauchst, okay? Die Zeiterfassung ist ja jetzt egal.«

Hoffentlich denkt sie nicht, dass ich heulen oder kotzen muss, dachte Malte. Er wollte nur schnell an das noch halb volle Fläschchen und dann raus hier.

Die Raucherterrasse war sein Lieblingsort bei *Centersolutions*. Hier, vom fünften Stock aus, hatte man einen herrlichen Rundblick über die Silhouette Hamburgs, dieser mächtigen, wachsenden Stadt, die Malte einfach kein Glück bringen wollte.

Er war allein bis auf zwei Agenten aus dem benachbarten *Telekom*-Callcenter, die sich rauchend unterhielten. Malte begab sich ans andere Ende der Terrasse, leerte gierig den Wodka und spürte sofort, wie seine Muskeln sich lockerten. Eine einzige versprengte Wolke zierte den ansonsten strahlend blauen Aprilhimmel. Erst jetzt realisierte Malte so richtig, was gerade passiert war: Sie hatten ihn rausgeschmissen, und wie ihm jetzt klar wurde, ging es ihm ausgezeichnet damit. Er würde sich nie wieder von der Schichtleitertranse anschnauzen, von cholerischen Kunden anschreien und in qualvollen Coachings demütigen lassen müssen. Seine vorhin noch bleischwere Brust war ein himmelblaues, weit geöffnetes Fenster.

Malte inhalierte die angenehm warme, frische Frühlingsluft. Er war frei, endlich frei, und die Welt stand ihm offen! Er würde nach Südostasien reisen oder Pornostar werden können. Vielleicht würde er auch endlich ein Buch schreiben, den ultimativen Callcenter-Roman, in dem er mit dieser menschenverachtenden Branche abrechnen würde ... Malte blickte die fünf Stockwerke nach unten zum Parkplatz. Wie viele depressive, suchtkranke, finanziell ruinierte Callcenter-Agenten hatten sich hier wohl schon in den Tod gestürzt? So viel stand fest, Malte Kröpsch würde keiner von ihnen sein. Er ließ die leere

Flasche im Mülleimer verschwinden und machte sich leichtfüßig auf den Weg ins Personalbüro.

Im Treppenhaus schon hörte er, dass auf dem Flur etwas vor sich ging. Eine dumpfe, aggressive Männerstimme pöbelte lautstark herum, es klang, als sei einem seiner überarbeiteten Kollegen die Hutschnur geplatzt, was bei *Centersolutions* in aller Regelmäßigkeit vorkam. Malte verspürte Vorfreude, denn einen Kollegen bei einem amtlichen Nervenzusammenbruch zu beobachten, war immer ein höchst amüsantes Schauspiel.

Was Malte jedoch draußen auf dem Gang zu sehen kriegte, war alles andere als unterhaltsam. Etwa zwanzig Meter den Flur runter, vor dem Eingang zum Großraumbüro, stand Jovan und brüllte wie am Spieß. Ausgerechnet Jovan, dachte Malte, der seinen abgebrühten Kollegen immer für dessen Coolness im Umgang mit *eskalierenden* Kunden, wie es im Fachjargon hieß, ein wenig bewundert hatte. Jetzt eskalierte der erfahrene Agent selbst, und wie er eskalierte: Jovan schrie mit geballten Fäusten ins Callcenter hinein, ein brachiales Kauderwelsch aus serbischen und einigen unschönen deutschen Ausdrücken, unter denen Malte nur *Wichser* und *Schweinebande* heraushörte. Jovans Zustand war mit hoher Wahrscheinlichkeit dem Umstand geschuldet, dass er sich den ganzen Vormittag über mehrere Portionen hoch dosiertes Amphetamin einverleibt hatte, ein sogenannter *Pepkoller*, wie er für gewöhnlich nach schlaflosen Partynächten auftrat. Malte, selbst immer noch von der Droge aufgeputscht, verspürte plötzlich ein Band der Solidarität mit seinem Kollegen und ging langsam, aber entschlossen auf Jovan zu. »Hey, Kumpel, komm mal runter«, rief Malte und deutete, um seiner Bitte visuell Nachdruck zu verleihen, mit den flachen Handflächen Richtung Boden.

Jovan sah nur flüchtig zu Malte hinüber und richtete den Blick sofort wieder ins Großraumbüro. »Verpiss dich, Malte!«, schrie er und holte einen Gegenstand hervor. Was genau es war, konnte Malte auf die Entfernung nicht richtig erkennen, aber die hysterischen Schreie, die nun aus dem Callcenter drangen, ließen darauf schließen, dass es sich um eine Waffe handelte. So was würde Jovan nie machen, schoss es Malte durch den Kopf, doch da fiel ihm das Messer ein, das sein Kollege ihm einmal gezeigt hatte, während sie sich nach der Spätschicht im Park hinterm U-Bahnhof ein paar Biere genehmigten. Jovan hatte stolz und ein wenig irre ausgesehen und einen Haufen angetrunkenen Unsinn von wegen *Serbenmafia* und *verrückte Neger da draußen in Billstedt* geschwafelt. Jetzt hielt Jovan wieder ein Messer vor sich, fuchtelte hektisch damit herum und betrat dann, immer noch wüst die Kollegen und die Firma verfluchend, das Callcenter.

Malte hätte sich abwenden, wegrennen und nach Südostasien reisen können, doch er stellte zu seiner Überraschung fest, dass er stattdessen in Richtung Großraumbüro rannte. Von sich selbst berauscht, kam er sich jetzt vor wie ein Superheld mit übermenschlichen Kräften, er war Super-Malte, den nichts würde aufhalten können, er schoss wie ein Kugelblitz über den Flur und ins Callcenter, schneller als Jovan, der sich noch nicht einmal zur Hälfte umgedreht hatte, von Maltes plötzlicher Anwesenheit offenbar arg überrumpelt und das Messer noch abgewandt, und Malte war fast schon erschrocken über all die Kraft, die so lange ungenutzt in seinem Körper geschlummert hatte, eine ungezähmte, berstende Kraft, mit der er jetzt auf Jovan zusprang und seinen massigen Rumpf so mühelos zu Boden drückte, als wäre er nicht schwerer als eine Mitarbeiterbroschüre oder ein Sack frühlingswarme Luft.

Ein halbes Jahr später schob Malte seine Zeitkarte mit sicherer Hand in die Stechuhr und grüßte den Schichtleiter, von dem er inzwischen wusste, dass er Lou hieß und weder Mann noch Frau, sondern *transgender* war, mit einem herzhaften »Moin, Lou, alles schick?«. Das Display im Zeiterfassungstool zeigte 10:01 Uhr.

»Nee, wa, da is ja wieder eener überpünktlich!«, lachte Lou und schüttelte Malte zur Begrüßung ausgiebig die Hand. »Rechner 4, mein lieber Malte, wie immer. Ach, und kiek gleich ma bei Melli rin, die wollte irjendwat von dir.«

Malte warf noch einen kurzen amüsierten Blick auf die *Wall of Fame*, von der er sich selbst zulächelte. Nachdem er den unbefristeten Vertrag unterschrieben hatte, war ihm von Melli der Titel *Mitarbeiter des Monats auf unbestimmte Zeit* verliehen worden. Neben seinem Porträt hing die gerahmte Titelseite der *Hamburger Abend-*

post mit der Schlagzeile »Callcenter-Agent verhindert Amoklauf« und dem ganzseitigen Foto, das Malte in bescheidener, aber stolzer Gewinnerpose vor der Hamburger Skyline zeigte.

Seither hatte sich das Leben von Malte Kröpsch enorm verändert, und zwar nahezu ausschließlich zum Guten. Der Job in der Korrespondenz machte ihm Spaß und wurde unerwartet gut bezahlt, beim Verfassen von Mails und Briefen konnte er seine Freude am Formulieren voll ausleben und telefonieren musste er hier so gut wie nie. Das wahrscheinlich Beste an seinem neuen Leben aber war, dass er auf dem Sommerfest mit Jana angebändelt und eine sehr, sehr angenehme Affäre mit ihr begonnen hatte, die gerade im Begriff war, in eine feste Beziehung überzugehen. Ach, Jana, du wunderbare Jana! Während er, von den fröhlichen Begrüßungen der Kollegen begleitet, das Callcenter durchschritt, lächelte er ihr zu, natürlich nicht zu auffällig, da ihre Verbindung noch nicht offiziell war. Andererseits gab es wahrscheinlich keinen Ort auf der Welt, an dem Gerüchte sich schneller verbreiteten, als ein Callcenter – mit enormer Wahrscheinlichkeit wusste bereits die ganze Abteilung, dass sich in ihren Reihen ein Traumpaar gefunden hatte, und es war niemand unter ihnen, der den beiden ihr Glück missgönnte.

»Wie man so hört, wolltest du mich sprechen?«, sagte Malte, als er die Tür zu Mellis Glaskasten aufriss.

»Hey, schön, dass du da bist, Malte. Pass auf, wie du weißt, sind ja heute die Coachings ...«

Malte erschrak. »Äh, ja, klar ... Aber Moment mal, ich soll doch wohl etwa nicht ...«

»Haha, bloß keine Panik, mein Lieber. Nein, Stefan hat sich krankgemeldet, und du bist jetzt schon fast ein Jahr bei uns – ich denke, du könntest heute mal den Mentor machen und ein paar Coachings durchführen.«

Erleichtert atmete Malte durch. »Okay. Aber meinst du denn, ich kann ...«

»Ach, na klar. Du hast doch selbst schon diverse Coachings gehabt, weißt doch, wie die Sache läuft. Außerdem: Ich wollte eh schon mal bei dir vorfühlen, ob *Mentor für Korrespondenz* nicht was für dich wäre. Du könntest auch mit Jana zusammen die Schulungen machen ...«, sagte Melli und zwinkerte Malte zu.

»Wow ... Also, klar, das hört sich echt gut an«, antwortete er. »Dann mach ich jetzt erst mal die Coachings, und dann reden wir drüber?«

»Perfekt, Malte. Ich wusste doch, auf unseren Helden ist immer Verlass!«

Melli überreichte Malte ein Klemmbrett und deutete auf einen jungen Agenten am anderen Ende des Großraumbüros.

»Geh erst mal zu Sascha. Der ist ja erst drei Wochen dabei, kriegt sein erstes Coaching heute. Aber nimm ihn bitte mal nicht zu hart ran, das ist einer von der schüchternen Truppe ...«

Und wirklich, ganz hinten in der Ecke des Callcenters saß ein junger, sehr blasser Mann, der, während Malte jetzt mit weiten Schritten auf ihn zuging, in seinem Dreh-sessel immer kleiner zu werden schien.

»Wird gar nicht so schlimm«, sagte Malte aufmun-ternd, aber er wusste natürlich, dass das eine Lüge war.

Das Geheimnis einer guten Ehe

Mein bester Freund Lars wohnte im Amselweg, einer für Mittelschichtfamilien mit zwei Kindern konzipierten Siedlung. Die Straße bestand ausnahmslos aus absolut identischen Reihenhäusern: Wenn man in einem der Häuser gewesen war, kannte man alle.

Allein in unserer Klasse wohnten sechs oder sieben Schüler in so einem Haus. Wenn jemand die Frage nach seinem Wohnort mit *Amselweg* beantwortete, konnte man sich die Familienverhältnisse sofort vorstellen: Der Mittelklassewagen stand sicher verwahrt in der Sammelgarage, der Vater werkelte unten im Hobbykeller, die Mutter hegte und pflegte den kleinen Garten oder bereitete in der Küche fleischlastige Mahlzeiten zu, die Kinder saßen in einem der zwei Kinderzimmer im Obergeschoss und warteten, dass irgendetwas passierte. Meistens passierte nichts.

Lars' großer Bruder Björn war der Lieblingssohn von Herrn und Frau Mahnke. Im Prinzip war Lars wie eine kleine fehlerhafte Kopie seines Bruders: Ein Mängelexemplar. Björn war hochgewachsen und bemerkenswert gut aussehend, mit seinen Koteletten und der Fönfrisur war ihm eine gewisse Ähnlichkeit mit James Dean nicht abzusprechen. Lars hingegen hatte abstehende Ohren, eine riesige Brille und musste wegen einer Augenerkrankung zeitweilig eine Augenklappe tragen, mit der er aussah, als hätte er sich zum Faschingsumzug notdürftig als Pirat verkleidet.

Zudem war Björn ein hervorragender Schüler und es galt als ausgemacht, dass er studieren und reich werden würde. Lars war in der Schule nur Mittelmaß, was seine Eltern nicht weiter zu stören schien: Es wurde ihm von Anfang an eingetrichtert, dass er ohnehin nicht studieren könne, denn das Geld würde nur für das Studium eines Sohnes reichen. »Ich brauch kein Abitur, kann eh nicht studieren später« war Lars' Standardantwort, wenn er mal wieder eine unmotivierte Vier plus hingeklatscht hatte. Auch in sexueller Hinsicht zählte Björn zu den Gewinnern: Mit sechzehn Jahren hatte er bereits eine feste Freundin, die sogar bei ihm übernachten durfte, Lars und ich indessen mussten kläglich auf die *Dr.-Sommer*-Seiten in der *Bravo* oder *Bild*-Titelgirls onanieren.

Während Lars ein schmales, unspektakuläres Zimmer direkt neben dem Schlafgemach der Eltern bewohnte, residierte Björn in dem als Hobby- oder Partykeller vorgesehenen Raum im Untergeschoss. Es war, von unserem kindlichen Standpunkt aus betrachtet, ein Traum von einem Zimmer: Gut zwanzig Quadratmeter groß, mit holzvertäfelten Wänden, einer Ledersitzgruppe und einem Wasserbett, das damals den Inbegriff eines ausschweifenden und lasterhaften Lebensstils darstellte.

Wenn Lars und ich früher aus der Schule kamen als Björn, was praktisch immer der Fall war, hingen wir oft heimlich im Superzimmer des großen Bruders ab. Erstes Objekt der Begierde war Björns *Amiga 500*, eine Luxusmaschine gegenüber dem popeligen *Commodore 64*, mit dem Lars und ich uns abmühten. Wir zockten die großen Klassiker der damaligen Zeit: *Bubble Bobble*, *Last Ninja*, *Populous* sowie ein obskures Spiel mit dem unerhörten Titel *Vixen*, in dem eine halb nackte Amazone in einer Steinzeitwelt Monster auspeitschte. Es waren geheime Stunden größtmöglichen Glücks. Um nicht überführt zu werden, prägten wir uns vor jeder *Amiga*-Session den Standort von Tastatur, Maus und Joystick genau ein, um hinterher alles wieder winkelgetreu anzuordnen.

Irgendwann aber bekam Björn doch Wind von unseren Einbrüchen. Von nun an schloss er sein Zimmer ab, natürlich nicht, ohne Lars bei den Eltern zu verpetzen, was meinem bedauernswerten Kumpel zwei Wochen Stubenarrest inklusive Fernsehverbot einbrachte. Nach Schulschluss hingen wir nun also wieder in Lars' Minizimmer herum, blätterten uns lustlos durch die *Bravo*-Hefte und zockten auf dem klapprigen *C64*.

Eines Tages jedoch konnte Lars mit einer Überraschung aufwarten, er war den ganzen Vormittag über völlig aufgedreht. »Komm mal mit zu mir nach der Schule, ich hab 'ne Überraschung! Was richtig Geiles!«

An diesem Schultag konnte ich mich noch weniger als sonst auf den Unterricht konzentrieren. Was um alles in der Welt hatte Lars bloß *richtig Geiles* auf Lager? Ich überlegte, ob er vielleicht den *Amiga* seines Bruders geerbt haben könnte, und sah uns bereits wieder mit halb nackten Amazonen auf Monsterjagd.

In Lars' Zimmer angekommen, stand da jedoch nach wie vor der vergilbte *Commodore*, ein enttäuschender Anblick. Lars verschwand kommentarlos nebenan im Schlafzimmer seiner Eltern. Als er nach wenigen Sekunden wiederkam, hatte er ein Buch in der Hand. »Das hab ich neulich im Schrank von meinen Eltern gefunden. War zwischen den Badetüchern versteckt ...«

Es war ein schweres, großformatiges Buch. Auf dem farbig illustrierten Umschlag war ein nacktes Pärchen in leidenschaftlicher Umarmung zu sehen. Darüber stand in zärtlich geschwungener Schrift: *The Joy of Sex.* Lars hatte den Eheratgeber seiner Eltern gefunden.

Es war herrlich! Auf über zweihundert Seiten wurde unerfahrenen oder gelangweilten Ehepaaren nahezu jede Stellung, jeder Liebestrick beigebracht, und das Beste: Auf jeder Seite gab es die passenden, teilweise sogar farbigen Illustrationen. Dass es immer dasselbe Pärchen war, welches sich da sozusagen kreuz und quer durchs Kamasutra vögelte, störte mich wenig, denn vor allem die Frau gefiel mir ausgesprochen gut: Kurze brünette Löckchen, volle Brüste, zartrosa Haut.

Zum ersten Mal sah ich nun, wie Frauen untenrum wirklich aussahen. Ich hatte mir eine Vagina immer als einen geraden Schlitz vorgestellt, so wie den Münzeinwurf in der Telefonzelle. Jetzt offenbarte sich, dass das doch nicht die ganze Geschichte war. Es gab Falten,

Läppchen und einen kleinen runden Knopf, der offensichtlich eine wichtige Rolle spielte. Sex schien mir schon immer eine hoch komplizierte Sache zu sein, und *The Joy of Sex* bestätigte meine Einschätzung: Ich konnte absolut nachvollziehen, dass man ohne weiterführende Literatur und anatomische Schaubilder aufgeschmissen war. Dennoch, lange hatte mich nichts mehr derart erregt. Abends in meinem Bett musste ich mir zweimal einen runterholen, bevor ich die Bilder halbwegs aus dem Kopf kriegte.

Wie bei Björns *Amiga* durften wir uns natürlich auch mit dem Buch nicht erwischen lassen. Wenn unten der Haustürschlüssel im Türschloss zu hören war, stürmte Lars nach nebenan und verstaute das Buch wieder im Schrank, während ich unsere Schulsachen auf dem Teppichboden ausbreitete, als hätten wir gerade Algebra statt Anatomie gepaukt.

»Lass das Buch holen!«, sagte ich zu Lars, als wir mal wieder in seinem Zimmer rumhingen.

»Ach, immer das Buch. Lass doch mal wieder *C64* spielen. Ich hab *Rainbow Islands* mit Trainer, das können wir zu zweit spielen!«

»Ich will vorher noch einmal ins Buch gucken.«

»Na gut, aber nur kurz ...«

Inzwischen war ich dazu übergegangen, mir gleich bei den Mahnkes auf dem Klo einen runterzuholen, wobei ich mir vorstellte, entweder die Frau aus dem Buch oder Frau Mahnke in einem der Stellungsvorschläge zu vernaschen. Was hätte wohl Herr Mahnke dazu gesagt, hätte er erfahren, dass sich der beste Freund seines Sohnes auf der Gästetoilette einen auf seine Ehefrau schrubbte?

Schließlich schwelgte ich immer öfter in der Vorstellung, selbst so ein Buch zu besitzen. Das musste das Paradies sein: Sich einen runterholen zu können, während man sich das Buch der Bücher ansah! Es wurde langsam unerträglich, nicht selbst Besitzer des wundersamen Eheratgebers zu sein. Und so reiften in meinem notgeilen Hirn die ersten, noch vagen Umrisse eines Plans.

Eines Tages nach der Schule hing ich wieder bei Lars ab. Er hatte seinen *C64* inzwischen gegen ein *Nintendo NES* getauscht, und wir mühten uns bei *Mega Man 3* mit dem Endbosslevel. Wie immer tranken wir eine Menge Cola dabei, die bei den Mahnkes in nahezu unbegrenzter Menge zur Verfügung stand. Als Lars schließlich aufs Klo ging, handelte ich, ohne viel nachzudenken: Ich huschte um die Ecke, drückte die Klinke zum Elternschlafzimmer leise herunter, öffnete den Kleiderschrank und fischte das Buch aus seinem Versteck unter den Badetüchern heraus. Mein Herz raste, als ich die Beute in meine Schultasche gleiten ließ, und da hörte ich schon die Klospülung rauschen. Als Lars zurückkam, stand ich mit hochrotem Kopf mitten in seinem Zimmer, die Schultasche in der Hand.

»Was denn jetzt los?«, fragte mein Gastgeber irritiert.

»Äääh ... ich muss los ... Hab vergessen, dass ich heute noch bei meiner Oma Rasen mähen soll.«

»Was? Wir sind kurz vorm Endboss, du kannst doch jetzt nicht abhauen!«

»Doch, ich muss los. Schreib das Passwort auf, wir machen morgen weiter.«

»Pfff, na gut ...«

Der Weg nach Hause fühlte sich wie ein Triumphzug an. Auf weichen Wattewölkchen hüpfte ich über den Sandweg, den kostbaren Schatz auf meinem Rücken, zwischen Matheheften und Biologiebuch. Na ja, im Grunde war es ja ein weiteres Biologiebuch. Und jetzt gehörte es mir. Ich fühlte mich wie ein Wettkönig bei Thomas Gottschalk, dem man an Weihnachten sein Lieblingsessen gekocht hatte.

Zu Hause angekommen, hatte ich glücklicherweise sturmfreie Bude. Ich legte das Buch auf mein Kopfkissen und betrachtete es, wie es dalag in seiner neuen Umgebung. Es schien mir hier viel besser, weil sinnvoller aufgehoben zu sein als im Wäscheschrank der Mahnkes. Nachdem ich mir euphorisch auf meine Lieblingsseite mit der Hündchenstellung einen gekeult hatte, sackte meine Stimmung jedoch schlagartig ab.

Was in aller Welt hatte mich da geritten? Ich war nicht nur ein Dieb, viel schlimmer: Ich hatte Lars in diese Sache mit reingezogen. Denn was war, wenn seine Eltern das Verschwinden des Buches bemerkten? Natürlich wäre Lars der Verdächtige Nummer eins. Wie ich da so mit dem Buch und den vollgewichsten Taschentüchern auf meinem Bett saß, überkamen mich ernste Gewissensbisse. Ich schloss das Diebesgut in meiner

Schreibtischschublade ein und hoffte, dass sich das Problem irgendwie von selbst lösen würde.

Ein paar Tage lang passierte gar nichts. Ich wurde zunehmend ruhiger und sagte mir schließlich, dass Lars' Eltern das Buch wahrscheinlich gar nicht vermissten. Womöglich hatte es seit Ewigkeiten dort dringelegen und war irgendwann vergessen worden.

Am folgenden Montagmorgen aber kam Lars mit verärgerter Miene zu unserem Treffpunkt auf dem Weg zur Bushaltestelle.

»Was ist denn los?«, fragte ich zaghaft, obwohl ich mir nur zu gut vorstellen konnte, was los war.

»Das Buch ist weg!«, knurrte Lars.

»Welches Buch?«, fragte ich unter Aufbringung aller mir zur Verfügung stehenden Blödheit. Als ob es in den vergangenen Monaten noch ein anderes Buch für uns gegeben hätte!

»Welches wohl!«, pflaumte Lars mich an. »Das aus dem Schlafzimmer. Es ist nicht mehr da.«

»Vielleicht haben deine Eltern es ja woanders hingelegt«, sagte ich und versuchte, nicht rot zu werden.

»Meine Mutter ist gestern zu mir gekommen und hat mich gefragt, wo das Buch ist.«

»Und was hast du gesagt?«

»Dass ich gar nicht weiß, was für ein Buch sie meint. Aber sie hat gesagt, dass es ja nur ich gewesen sein kann, weil Björn so ein Buch nicht braucht.«

»Vielleicht hat Björn ja wirklich …«

»Du hast ja wohl 'nen Knall. Weißt du, was ich glaube?«

»Was denn?«, fragte ich, den Kopf Richtung Kiesweg gesenkt.

»Ich glaube, *du* warst es!«

»Was?!«

»Genau, du. Eigentlich kannst nur du es gewesen sein.«

»Du spinnst doch …«

»Wer hier wohl spinnt! Ich hab übrigens so lange Stubenarrest, bis das Buch wieder auftaucht.«

»Ich hab es aber nicht, ehrlich.«

»Hast du doch!«

»Hab ich nicht!«

»Hast du doch!«

Den Rest des Schultags herrschte Eiszeit zwischen Lars und mir. Mir war endgültig klar, dass ich Mist gebaut hatte, und ich überlegte fieberhaft, wie ich da wieder rauskam.

Was war, wenn Lars den Verdacht glaubhaft auf mich abwälzen konnte? Würden seine Eltern bei meinen auf der Matte stehen und quasi eine Hausdurchsuchung fordern? Das war aus zwei Gründen unwahrscheinlich: Erstens hätten sich die Mahnkes als Besitzer eines erotischen Eheratgebers geoutet und zweitens wäre ihnen wohl klar gewesen, dass ich die dann fällige Bestrafung durch meine Eltern nur mit sehr viel Glück überleben würde.

Wenn jemand so richtig am Arsch war, dann Lars. Wahrscheinlich würde er den Rest seines Lebens in seinem Zimmer eingesperrt bleiben, denn schwerlich konnte er ein Buch zurückgeben, das er gar nicht hatte. Ein neuer Plan musste her, um meinen Frevel ungeschehen zu machen.

Sonntags versammelte sich Familie Mahnke stets bei Oma und Opa zu Kaffee und Kuchen, ein nahezu heiliger Termin, vor dem Lars auch der Stubenarrest nicht bewahrte. Gegen drei Uhr nachmittags packte ich das Buch in meine Schultasche und ging zum Amselweg rüber. Ich wusste, dass im Beutel mit den Wäscheklammern ein Haustürschlüssel versteckt war, Lars schloss mit ihm nach der Schule die Tür auf, da ihm noch kein eigener Schlüssel zugetraut wurde.

Ich klingelte vorsichtshalber und schlich, als niemand öffnete, hinters Haus. Gott sei Dank, der Schlüssel war wirklich da. Mit zitternden Händen schloss ich auf. Es war seltsam so allein in dem stillen, leeren Haus der Mahnkes. Als Einbrecher kam ich mir fremd und unerwünscht hier drin vor. Ich huschte ins Schlafzimmer und legte das Buch zurück in den Schrank unter die Badetücher. Dann machte ich, dass ich da rauskam.

Ein paar Tage später kam Lars gut gelaunt an der Bushaltestelle auf mich zu. »Das Buch ist wieder da!«, rief er strahlend.

»Ach was«, sagte ich, wobei ich mich um einen überraschten Tonfall bemühte.

»Ja. Meine Eltern hatten es wohl doch woanders hingelegt.«

»Hab ich dir doch gesagt.«

»Ich hab jetzt auch keinen Stubenarrest mehr.«

»Geil!«

»Ja. Kommst du heute nach der Schule mit? Ich hab wieder *Mega Man 2* angefangen.«

»Klar, gerne.«

Dann kam der Schulbus. Artig zeigten wir unsere Fahrausweise. In unserem Viertel ging das Leben wieder seinen gewohnten Gang.

Drei Jahre später zog Björn zum Studieren nach Berlin, und Lars erbte sein Kellerzimmer. Wenn wir an Lars' PC bekifft und gelangweilt Egoshooter zockten, dachten wir manchmal an die magischen Nachmittage vor dem *Amiga* zurück. So aufregend wie damals sollte es nie wieder werden.

Lars durfte schließlich doch noch studieren und, wie das im Leben so ist, irgendwann riss der Kontakt zwischen uns ab. Ich habe ihm nie erzählt, wie die Sache mit dem Buch damals wirklich gelaufen ist.

Noch heute träume ich regelmäßig davon, wie ich in das Haus im Amselweg einbreche. Das Haus ist leer, und doch weiß ich: Jederzeit können die Mahnkes zurückkehren und mich, den Einbrecher und Dieb, erwischen. Ich steige die Treppe zum Schlafzimmer hinauf und trage das Buch bei mir. All die Jahre hatte ich es, ich habe es nie zurückgebracht, es ist an mir wie festgewachsen.

Ich stehe oben an der Treppe, das Buch in der Hand, es ist so groß wie ich selbst, nein: Es ist größer als ich, größer als das Haus und der Amselweg, es ist die Liebe und das Leben, und ich trage das Buch, das nun das Gewicht der Welt in sich birgt. Es ist warm und wird immer heißer, schließlich scheint es in meinen Händen zu brennen, während die Angst durch das kalte und leere Haus kriecht. Ich stehe an der Treppe, ich habe die Haustür im Blick, und unten im Türschloss dreht sich hörbar ein Schlüssel.

Erwachsenenunterhaltung

Biologie war schon immer eine Wissenschaft gewesen, mit der ich beim besten Willen nichts anfangen konnte, und im Abiturhalbjahr saß ich im Grundkurs *Genetik und Evolutionslehre* ausgerechnet schräg hinter Olivia Fernandez. Olivia war die größte Sexbombe der ganzen Schule, sie kombinierte mediterranen Sex-Appeal mit der Grazie einer spanischen Operndiva. Ihre enorme, perfekt gerundete Oberweite pflegte sie in eng anliegenden oder weit ausgeschnittenen Oberteilen zur Schau zu stellen. Darüber hinaus verfügte Olivia über ein beachtliches Mal- und Zeichentalent und wollte nach dem Abitur an der Kunsthochschule studieren, was sie noch unnahbarer und erotischer machte. Die Biologiedoppelstunde verbrachte ich regelmäßig mit dem Durchspielen wildester Sexszenen.

Szene Nummer 81, die Erste: Darsteller Torsten betritt den Klassenraum, in dem sich niemand befindet außer Darstellerin Olivia, die gedankenversunken auf dem Lehrerpult sitzt, ihre in schwarze Netzstrümpfe gehüllten Beine übereinandergeschlagen. Dialog:

TORSTEN   Was ist denn hier los? Fällt Bio etwa aus?

OLIVIA	Scheint so ... Was sollen wir denn nun die anderthalb Stunden machen?
TORSTEN	(sich auf Olivia zubewegend) Ach, mir würden da schon ein paar Sachen einfallen ... (über ihre Brüste streichelnd) Ich find dich nämlich schon lange unheimlich scharf ...
OLIVIA	Echt? Wusste ich ja gar nicht ... (seine Hose im Schritt streichelnd) Ich gefalle dir also ...?

Und so weiter und so weiter. An den sich abzeichnenden null Punkten in Bio drohte schließlich sogar mein Abi zu scheitern. Was zur Hölle war DNA-Polymerase? Mitose, Meiose, hä? So langsam verstand ich buchstäblich nur noch *Möse*.

Je näher das Abi rückte, desto häufiger fanden die sogenannten Abipartys statt. Eine Abiparty war im Prinzip nichts anderes als ein rituelles Besäufnis, bei dem die Oberstufenschüler ihr noch zu erlangendes Reifezeugnis quasi im Voraus feierten. In Sachen Suff war ich absolut austrainiert: Seit der Trennung von meiner Langzeitfreundin Maike hatte ich eine Leidenschaft für regelmäßigen Alkoholkonsum entwickelt, fast jeden Abend trank ich selbstmitleidig vor dem Fernseher mehrere Bierchen oder schon mal eine Flasche Wein.

An einem Freitag im Mai wurde die nun fast wöchentlich stattfindende Vorabiturfeier bei Albert Stolz ausgerichtet, dessen Vater als steinreicher Rechtsverdreher und CDU-Bonze einen zweifelhaften Ruf genoss. Sein Sohn war ein ebenso brillantes, hundsgemeines Arschloch, aber er wohnte in einem riesigen Haus, das für zynische Saufpartys die optimale Bühne abgab.

Gegen zwei Uhr traf ich Olivia in der Küche bei der Herstellung eines Starkgetränks auf Tequilabasis an, und wir redeten das erste Mal miteinander. Meine Annahme, dass wir keinerlei Berührungspunkte hätten, erwies sich als unbegründet: So gut hatte ich mich noch mit keiner Frau unterhalten. Wie sich herausstellte, war neben Aquarellmalerei Lästern das bevorzugte Hobby Olivias. Endlich jemand, mit dem ich meine Abscheu gegenüber den übrigen Vollpfosten meines Jahrgangs teilen konnte! Genau wie ich fühlte sich Olivia den anderen haushoch überlegen. Sie lobte sogar mein Schreibtalent und gab an, meine bissigen Film- und Fernsehkritiken in der Schülerzeitung immer gern gelesen zu haben. »Du musst unbedingt was für die Abizeitung schreiben, am besten 'ne Satire über die Idioten in unserem Jahrgang«, schlug sie vor. Mit zunehmender Schlagseite sprach sie von uns sogar als *wir Künstlertypen*.

Unfassbar: Ich war dabei, mit Olivia Fernandez anzubändeln! Wenn sie ahnen würde, in wie vielen Sexfilmen sie in meiner Fantasie schon mitgewirkt hatte! Ich fand, dass ich sie eigentlich küssen müsste, war aber zu nervös und verpasste den möglicherweise geeigneten Moment. Immerhin schaffte ich es, Olivia fürs nächste Wochenende zu mir einzuladen, wo sie dann irgendeinen komischen Kostümfilm mit mir gucken wollte – alles, was mit dem Barockzeitalter zu tun hatte, faszinierte sie maßlos. Aber egal, meinetwegen hätte Olivia mir auch anbieten können, gemeinsam Bettvorleger zu häkeln. Torsten Löscher hatte eine Verabredung mit Olivia Fernandez!

Zum Date in meinem Jugendzimmer erschien Olivia aufwendig geschminkt und in einem Outfit, als ob sie im Anschluss noch auf eine Opernpremiere gehen wollte. Nachdem wir den furchtbaren Kostümfilm hinter uns gebracht und eine halbe Flasche Tequila geleert hatten, stand Olivia vor meinem Regal und inspizierte die Videosammlung. Als Möchtegern-Cineast mit dem hochtrabenden Berufswunsch TV-Kritiker war ich auf meine umfangreiche Sammlung von über fünfzig sorgsam durchnummmerierten, mit Schreibmaschine beschrifteten Kassetten einigermaßen stolz. Plötzlich jedoch fiel mir siedend heiß ein, dass ich vergessen hatte, die zwei oder drei unbeschrifteten Exemplare wegzuschaffen, auf denen ich Schmuddelfilme aus dem Spätprogramm der Privatsender aufgenommen hatte.

»Hier steht ja nichts drauf«, stellte Olivia fest. »Das sind bestimmt Pornovideos!«

Da ich ohnehin ertappt war, sagte ich mir: Scheiß drauf. »Genau, da haben wir die Abteilung anspruchsvolle Erwachsenenunterhaltung. Die zweite davon ist besonders niveauvoll«, sagte ich, wobei ich mich bemühte, betont lässig zu klingen.

»Dann mach die doch mal rein«, erwiderte Olivia überraschend. War da jetzt ein lüsternes Funkeln in ihrem Blick, oder war das reines Wunschdenken? Ich traute den Ereignissen noch nicht so ganz. Hätte mir jemand vor zwei Wochen prophezeit, dass ich in Kürze mit Olivia Fernandez in meinem Jugendzimmer Softpornos gucken würde, ich hätte ihm zu einem Besuch beim Psychiater geraten.

In dem nun beginnenden Spielfilm ging es um einen alternden Ex-Profiboxer, der sich in seinem kalifornischen Strandhaus den Ruhestand mit einer ungefähr zwanzig Jahre jüngeren Freundin versüßt. Sehr zum Missfallen seiner Geliebten hat der Ex-Champ leider die ziemlich seltsame Angewohnheit, beim Sex fortwährend Fachausdrücke aus dem Boxerjargon von sich zu geben (»Und wieder ein Treffer!« – »Pass auf deine Deckung auf!« – »Sieh mich an, bevor du zu Boden gehst!«). Entsprechend ungehalten reagiert seine Gespielin gleich in der Anfangsszene: »Ich bin deine Freundin und nicht deine Sparringspartnerin!«

Es war das so ziemlich Beknackteste, was meine Videosammlung zu bieten hatte. Dass dieser Quatsch meinen Gast antörnen könnte, hätte ich im Traum nicht gedacht. Doch Olivia steckte voller Überraschungen.

OLIVIA   Die Titten von der Frau sind aber nicht echt, oder?

TORSTEN   Natürlich nicht. Die Form ist doch vollkommen unnatürlich.

OLIVIA   Magst du lieber Silikon oder echte?

TORSTEN   Natur pur natürlich! Silikon ist doch
          voll der Abtörner ...
OLIVIA   Möchtest du *meine* mal sehen?

Das konnte unmöglich wahr sein! Wer zum Teufel war ich, dass Olivia Fernandez sich bereitwillig vor mir entblättern wollte? Oder lief sie in der Gegend herum und zeigte ihre Brüste mal diesem, mal jenem?

Die Pforten des Paradieses wurden jedenfalls weit geöffnet, als meine Mitschülerin das silberne Trägerkleid und den BH auszog. Schließlich saß Olivia in ihrer vollen Pracht auf meinem schäbigen Rattan-Sessel. Er wurde zu einem Thron, auf dem sich die Göttin der Weiblichkeit räkelte. Ihr Busen war ein Meisterwerk, noch runder und voller als in jeder meiner Bioraum-Fantasien. Die Göttin grinste selbstsicher, als hätte sie keine andere Reaktion erwartet als mein ehrfurchtsvolles Staunen.

Für einen Moment wurde sie ernst: »Aber nicht auf den Mund ...«, mahnte sie streng. Und wenn schon, angesichts des mir Dargebotenen hatte ich ohnehin ganz andere Körperregionen im Fokus. Auch Olivia schien ziemlich angetan von dem, was ich mit ihrem Oberkörper veranstaltete. Hierbei war ich offenbar ein Naturtalent.

Sie protestierte auch nicht, als ich sie von ihrem Spitzenhöschen befreite. Ein neues, unbekanntes Ziel vor Augen, platzierte ich ihren Unterleib auf dem Rand meines Bettes. Der Geruch war fremdartig, wild und obszön.

Endlich konnte ich aus allernächster Nähe erkunden, was mir Maike bei unserem langweiligen Gänseblümchensex immer vorenthalten hatte. Meine Lippen und meine Zunge erschlossen ein unbekanntes Land.

Die Hauptstadt dieses Landes musste die erbsengroße Wölbung am oberen Ende sein. Wenn ich mit meiner Zunge darüberglitt, stöhnte Olivia mit tiefer Stimme und krallte sich in meinen Haaren fest. In diesem winzigen Knöpfchen schien das Geheimnis ihrer Sexualität zu liegen.

Schließlich verkrampfte sich ihr ganzer Körper, und Olivia drückte meinen Kopf fest zwischen ihren Schenkeln zusammen. Ich bekam kaum Luft, aber nach ein paar Sekunden war es vorbei. Auch so ein Verhalten, das ich bei Maike nie erlebt hatte. Ich fühlte mich stolz und mutig. Also zog ich die Hose aus und setzte mich auf Olivias Oberkörper. Als ich meinen Schwanz zwischen ihre Brüste schob, schien die ganze Welt wie schmelzendes Gold zu zerfließen.

Olivia und ich trafen uns nun regelmäßig zu gemeinsamen Pornosessions. Sexfilme ersetzten uns gewissermaßen das Vorspiel. Unser erklärter Lieblingsstreifen trug den unglaublichen Titel *Mr. Sex Gun* und handelte von einem erfolglosen Privatdetektiv mit Alkoholproblem, der sich in die Frau verliebt, die er aufspüren soll. Was den Mann im Trenchcoat natürlich nicht davon abhält, diverse Nebendarstellerinnen wie zum Beispiel die Ersatzfrau seines Auftraggebers zu bügeln. Irgendwann hängt der umtriebige Ermittler vor lauter Frauenstress

wieder arg an der Flasche und lässt pausenlos Spitzen-
sprüche vom Stapel wie: »Bis ich diese Frau vergesse,
muss viel Wasser den Mississippi und viel Whiskey diese
trockene Kehle runterfließen!«

Unerwarteterweise verfügte Olivia über nur un-
wesentlich mehr sexuelle Erfahrungen als ich, und wir
benutzten uns gegenseitig als Anschauungs- und
Übungsobjekte. Der Sex lief relativ technisch und er-
gebnisorientiert ab, aber alles Pärchengehabe war uns
beiden auch vollkommen zuwider. Als kreative Elite des
Jahrgangs hatten wir außerdem das Recht, eine alternative Beziehungsform abseits der Normen zu unterhalten.
Unsere Eltern ahnten nichts von der ganzen Sache, was
vielleicht auch besser war, denn Herr und Frau
Fernandez waren kreuzkatholisch. Hätten sie gewusst,
was ich mit ihrer Tochter so anstellte, sie hätten mir
wahrscheinlich mit der Peitsche den Satan aus dem Leib
getrieben. Auch in der Schule ahnte niemand etwas von
unserer geheimen Freizeitbeschäftigung, keiner unserer
minderbemittelten Mitschüler hätte sich vorstellen können, dass der grüblerische Film-Nerd und die Kunst-
Queen heimlich zu sinnfreien Softpornos miteinander
rummachten. So ging zwischen Bumsfilmen und Besäuf-
nissen meine Schulzeit zu Ende, eine gute Zeit für uns
zwei Künstlertypen in der Blüte der Jugend, geil und
glücklich vor dem winzigen Röhrenfernseher, der unsere nackten Körper in samtblaues weiches Licht
tauchte.

Ich studierte seit ein paar Monaten Anglistik und Geschichte in Hannover, als Olivia mich besuchen kam. Sie selbst war wie geplant an der Kunsthochschule gelandet und schwärmte vom Leben im Berliner Szeneviertel Friedrichshain, ihren Schilderungen zufolge ging es im dortigen Studentenwohnheim zu wie in einem Freudenhaus. Mir dämmerte endgültig, dass ich mich für die falsche Stadt entschieden hatte. Dass die Hannoveraner Bierspezialität *Herrenhäuser* ein fürchterlich gutes Getränk war, musste allerdings auch Olivia neidlos anerkennen.

Als wir besoffen genug waren, wagten wir uns in ein Pornokino am Steintorplatz. Das Rotlichtviertel von Hannover war ganz offen und gut einsehbar in der Innenstadt positioniert, für einen Puffbesuch fehlten mir aber bisher sowohl der Mumm als auch die Geldmittel.

Im Eintrittspreis inbegriffen waren ein Gratisgetränk und die freie Benutzung der beiden Kinosäle sowie der Einzelkabinen. Wir saßen ein wenig verkrampft an der Bar herum und schlürften unsere wässrigen Cocktails. Ab und zu lief ein hässlicher oder alter Mann vorbei und glotzte Olivia an, als wäre sie eine Außerirdische. In der Tat schien sie der einzige weibliche Gast zu sein.

Beim zweiten Tequila-irgendwas erfuhr ich, dass hinter der heiteren Studentinnenfassade doch nicht alles eitel Sonnenschein war. Olivia hatte sich im Studentenwohnheim in einen BWL-Studenten namens Vitali verliebt. Der stramme Russe aber hatte daheim in Moskau eine Verlobte sowie eine hohe Meinung von

Monogamie. Olivia war es nicht gewohnt, abgewiesen zu werden, und wusste nicht so recht wohin mit all dem ungekannten Kummer. »Ich hab mir die Klitoris piercen lassen«, gestand sie.

»Du hast *was?*«

»Ein Ring durch die Klitoris. Nachdem ich bei Vitali abgeblitzt bin, war ich in einem Piercingstudio. Meine Therapeutin sagt, ich wollte mich damit meiner weiblichen Sexualität entledigen. Leider hat sich das Ding entzündet. Jetzt darf ich ein halbes Jahr keinen Sex mehr haben und onanieren auch nicht.«

»Oh Mann. Wie hältst du das aus?«

»Ach, das Studium lenkt mich ab. Ich kriege nur Einsen. Die anderen sind schon ganz neidisch, weil ich immer die Beste bin.«

Dann sahen wir uns einen Film an. Die spärliche Rahmenhandlung wies den Hauptdarsteller ausgerechnet als Psychotherapeuten aus, der sein Berufsfeld offenbar recht eigenwillig interpretierte. Seine bemitleidenswerte Klientin musste in der Therapiesitzung einiges über sich ergehen lassen. Es war der härteste Porno, den ich je gesehen hatte, mir wurde beinahe übel. Der sadistische Seelenklempner zog die arme Frau an den Haaren, ohrfeigte sie und spuckte ihr in sämtliche Körperöffnungen, wobei er sie unablässig aufs Heftigste beschimpfte. Ich fragte mich, ob die Darstellerin wohl psychische Schäden von den Dreharbeiten davongetragen hatte. Mit Sex hatte das Ganze wenig zu tun. Ich stellte mir vor, dass die Ärmste nach dem Dreh auf dem Klo der Produktionsfirma geweint haben musste.

In was für einem Kino waren wir hier gelandet? Die übrigen Zuschauer schienen sich nicht an der Gewaltorgie zu stören. Es waren ausschließlich Männer, die sich in zwei Gruppen aufteilten: Junge Südeuropäer und ältere Deutsche. Verstohlen warfen sie hin und wieder einen gierigen Blick in unsere Richtung. Anscheinend fielen in diesem Kino Weihnachten und Ostern zusammen, wenn sich eine Frau in den schummrigen Saal verirrte. Die Drecksäcke erwarteten wohl, dass wir demnächst anfangen würden herumzufummeln. Als der ungefähr siebzigjährige Opa drei Plätze neben uns seinen Hosenstall öffnete, flüchteten wir, von den Flüchen des geistesgestörten Doktors auf der Leinwand begleitet.

Im Kinosaal B war es schon etwas angenehmer: Offenbar liefen hier die gewaltfreien Filme. Dementsprechend spärlich besucht war die Veranstaltung. Auf der Leinwand ließ sich eine porzellanhäutige Aristokratin bei allerschönstem Sommerwetter in einem weißen Pavillon von zwei braun gebrannten Lustknaben verwöhnen. In Krimis sind die Gärtner immer die Mörder, in Pornofilmen die willigen Sexsklaven. Die Jünglinge gingen sehr behutsam und zuvorkommend mit ihrer Herrin um. Olivia lobte sogar das Kostüm der Darstellerin, wenngleich es nicht allzu lange zu sehen war.

Zurück in meiner Bude, begann Olivia zügig, an mir herumzufummeln. Moment mal, was war denn nun mit dem Sexverbot? »Ach, komm schon, nur einmal ... der alten Zeiten wegen. Außerdem bin ich einsam, genau wie du.« Und dann zeigte sie mir das Desaster in ihrem Unterleib. Oh meine Güte, dachte ich, ach du meine Güte. Alles war rot und wund und geschwollen, aber das Schlimmste war dieser metallene, bösartige Ring, der einfach nicht dort hingehörte und immer größer zu werden schien, bis er eine unüberwindbare Mauer zwischen uns war.

»Lass uns lieber schlafen, okay«, murmelte ich. »Bin irgendwie besoffen und müde.« Sie wirkte gekränkt, sagte aber nichts. Dann lagen wir auf meiner Matratze, die Köpfe voneinander abgewandt, und schwiegen uns gegenseitig in einen dünnen Schlaf.

Als ich Olivia am Morgen einen Tag früher als geplant zum Bahnhof brachte, war die Stimmung irgendwie schal, zu allem Unglück verpassten wir auch noch um Haaresbreite den Zug. Eine Stunde verlegenes Warten, und das im Hauptbahnhof von Hannover, einem der trostlosesten Orte der Welt.

»Du musst nicht hierbleiben, bis die Bahn kommt«, erklärte Olivia zu meiner Erleichterung. Ich umarmte sie halbherzig und etwas ungelenk, stammelte irgendeinen Blödsinn wie *Kannstdichjamalmelden* und machte mich zügig vom Acker. Es gab berechtigten Grund zur Annahme, dass wir uns nie wieder sehen würden.

Ich weiß nicht mehr, was mich dazu trieb, *Mr. Sex Gun* aus dem staubigen Karton mit meinen Videokassetten zu fischen, kaum dass ich zu Hause angekommen war. Seit meinem Umzug nach Hannover hatte ich meine

Pornosammlung nicht mehr angerührt. Jetzt, wo das Internet die klobigen Datenträger zunehmend überflüssig machte, wirkten sie bereits wie Relikte aus einem längst vergangenen Zeitalter. Das Band war noch an der Stelle, wo Olivia und ich bei unserem letzten Pornotreffen aufgehört hatten, ziemlich am Ende des Films: Der Detektiv beobachtete seine Angebetete dabei, wie sie sich im Whirlpool seines Auftraggebers mit dem Hausdiener vergnügte. In meiner Hose rührte sich nichts, es war einfach nicht mehr dasselbe wie damals bei den magischen Abenden mit Olivia, in unserer unschuldigen, ungepiercten Jugend, zu der man nicht mehr zurückspulen konnte.

Der Detektiv unterdessen hatte mehr als genug gesehen. Er hatte den Job erledigt – oder vielmehr: Der Job hatte *ihn* erledigt. Mit hängenden Schultern verließ der Held vieler Schlafzimmer den Tatort, die Schlussszene des Meisterwerks würde einen gebrochenen Mann zeigen, der in seinem schäbigen *Dodge* die Auffahrt der Luxusvilla hinabrollte und dem nichts mehr blieb als der Trost eines Vollrausches. Ähnliches hatte auch ich im Sinn, als ich zur Fernbedienung griff, um den deprimierenden Streifen auszuschalten.

Dann aber geschah etwas höchst Seltsames: Statt wie gewohnt in den Abspann zu überblenden, lief der Film weiter. Es gab einen Schnitt, und in der nächsten, mir vollkommen unbekannten Szene saß der glücklose Ermittler an der Theke seiner Stammkneipe, in der Hand ein gut gefülltes Glas seines Lieblingsgetränks.

Was zur Hölle war das? Sollte es wirklich eine Szene in *Mr. Sex Gun* gegeben haben, die ich bislang übersehen hatte? Ich konnte mir keinem Reim darauf machen. Dann aber wurde es so richtig absurd: Der Hauptdarsteller drehte sich in meine Richtung, er schien mir genau in die Augen zu gucken, und sprach direkt in die Kamera wie ein Fernsehmoderator, als ob er das Wort an mich richten würde. »Na, Kumpel, das hast du ja schön verbockt«, sagte er mit gewohnt rauchig-markanter Stimme. »Soll ich dir jetzt mal zeigen, wie man eine heiße Señorita wie deine richtig behandelt?«

Mir rutschte die Kinnlade runter und die Fernbedienung aus der Hand. War das ein Scherz? Verarschte mich hier irgendjemand, oder hatte ich mich bereits geisteskrank gesoffen?

»Nun glotz mal nicht so dämlich, Amigo«, lachte *Mr. Sex Gun* und kippte schwungvoll seinen Drink. »Pass mal lieber schön auf, hier kannst du noch was lernen, haha!«

Dann schwenkte die Kamera nach rechts, und zum Vorschein kam eine spärlich bekleidete junge Frau, die anscheinend die ganze Zeit auf dem Hocker neben ihm gesessen hatte, sie lächelte ihren Sitznachbarn lasziv an. Es wurde immer verrückter: Die reizvolle Dunkelhaarige kannte ich. Sie ähnelte, nein, sie sah genauso aus wie Olivia!

»Das geht doch nicht«, brabbelte ich und kniff die Augen zusammen. Wahrscheinlich war einfach die Aufregung der letzten Tage zu viel für mich gewesen, eventuell war es auch erforderlich, dass ich in Sachen

Herrenhäuser kürzertrat. Jedenfalls: Wenn ich die Augen öffnete, wäre der Spuk mit Sicherheit vorüber.

Aber das war er nicht. Stattdessen rückte der liebestolle Detektiv jetzt dem Olivia-Double zu Leibe, küsste sie auf die Schulter und machte sich an ihrer Unterwäsche zu schaffen. Sogar die war eine aus der Kollektion meiner Schulfreundin, ich kannte das schwarze Spitzen-Outfit nur zu gut von unseren gemeinsamen Pornosessions. Die beiden brauchten nicht lang, um zur Sache zu kommen, wenige Handgriffe später bereits hatte *Mr. Sex Gun* seine Gespielin auf dem Tresen drapiert und begann, sie frontal zu beglücken, wobei er sein unverwechselbares, angestrengt-erregtes Sexgesicht zeigte. Olivia, oder wer immer sie war, schien ebenso angetan, sie lutschte am Finger der einen Hand und bearbeitete mit der anderen ihren Busen.

Ich hingegen war keineswegs erregt, im Gegenteil: Das Ganze wirkte unnatürlich und falsch, wie der Film mit dem perversen Psychiater und wie Olivias Metallring. Mir wurde schwindlig. Hastig griff ich die Fernbedienung und drückte die Stopptaste, worauf ein heilsam rauschender Schneeregen das Gebumse in der Bar unterbrach. Ich hastete zum Kühlschrank und stürzte ein *Herrenhäuser* hinunter. Sofort spürte ich, wie ich ruhiger wurde, die Alkoholzufuhr half mir, das Wesentliche zu sehen. Ich schaute zur Küchenuhr: Seit meinem unbeholfenen Abgang am Bahnhof war gut eine Dreiviertelstunde vergangen.

Ich schoss hinaus auf die Straße, und schlagartig verwandelte ich mich: Auf einmal war ich ein Mann mit einer Mission, ein Getriebener, erstmals seit Langem mit einem klaren Ziel vor Augen. Sicher, Hannover-Linden war nicht Los Angeles, aber während ich wie eine gesengte Sau durch die tristen Straßen rannte, kam ich mir auf einmal vor wie ein Hollywoodstar, wie der Darsteller einer Millionen-Dollar-Produktion, die Augen der Welt waren auf mich und mein Schicksal gerichtet, welches dasselbe Schicksal war wie das von *Mr. Sex Gun* und letztlich wie das all jener Vertreter der Menschheit, denen jemals das zweifelhafte Vergnügen zuteilgeworden war, ein Mann zu sein.

Der *Intercity* nach Berlin war schon eingefahren, als ich vollkommen außer Atem das Bahngleis erreichte. Gerade noch rechtzeitig erkannte ich Olivia, wie sie einstieg. Ich mobilisierte meine letzten Kräfte, rannte wieder los und hechtete gerade in dem Moment in den Wagen, als die Tür sich mit einem aggressiven Piepton zu schließen begann. Ich kam direkt vor Olivia zum Stehen, und sie grinste mich abenteuerlustig an, so wie damals, als sie meine Pornosammlung entdeckt hatte. »Du weißt aber schon, dass diese Tür sich erst wieder in Berlin öffnet?« Nein, das wusste ich wirklich nicht, aber dann wurde mir klar, dass mir wahrscheinlich gar nichts Besseres hätte passieren können, während der Zug sich langsam und nahezu lautlos in Bewegung setzte.

Jesus von Lagos

Zum Gekreische der Möwen, das sich hier anhörte wie die Schreie sterbender Kinder, kam Malte zu sich. Seine linke Körperhälfte fühlte sich taub an, denn offenbar hatte er die Nacht auf dem nackten Zeltboden verbracht, nur ein hauchdünnes Stück Polyester über der betonharten Erde, auf welcher der Campingplatz unerklärlicherweise errichtet worden war. Malte war nackt bis auf einen öligen, übel riechenden Schweißfilm auf seiner Haut, er hatte das Gefühl, mit Benzin eingerieben zu sein. Seine Zunge lag schwer und geschwollen in seinem ausgedörrten Mund. Das Schlimmste aber war eindeutig sein Kopf, der ihm vorkam, als würde er in einer Schraubzwinge stecken. Durch den Schlitz über dem Zelteingang fiel ein dünner gelber Faden Sonnenlicht direkt auf eine noch halb volle Literflasche *Super Bock* in der Ecke. Malte tastete nach der Flasche, trank das schale, lauwarme Bier in einem Zug und spürte augenblicklich, wie das Leben in seinen geschundenen Leib zurückkehrte. Er blickte sich in seinem Zelt um und besah sich das krude Gebirge aus Kleidungsstücken, Büchern, Flaschen, verkrustetem Campinggeschirr und Lebensmittelresten. Da fiel Malte auf, dass er nicht allein war.

Auf seiner Isomatte lag der Körper einer schlafenden jungen Frau. Auch sie war, von einem kaum erwähnenswerten Stringtanga abgesehen, nackt. Das Mädchen hatte eine pfirsichfarbene Haut und sanft gelocktes hellblondes Haar. Alles an ihr wirkte rein und zart, sie war ein Feenwesen, wie einer uralten keltischen Sage entsprungen. Was den bezaubernden Eindruck jedoch zunichtemachte, war der Umstand, dass das elfengleiche Geschöpf grunzende, knatternde Schnarchlaute von sich gab. Das Geräusch passte nicht hierher, in diesen weichen, sonnigen Morgen. Um es zu unterbinden, küsste Malte sie auf ihren schmalen, rosigen Mund.

Das Mädchen schien sogleich zu erwachen. Sie erwiderte den Kuss, stimmte in Maltes Bewegungen ein, bewegte ihre Zunge. Leider schmeckte sie, wie er mit Sicherheit auch, nach Zigaretten, Bier und dem Barbecue vom letzten Abend. Malte wurde ein wenig übel, aber er machte weiter, berührte ihre kleinen, nahezu weißen Brüste, deren Brustwarzen sich innerhalb von Sekunden verhärteten. Bald begann sie, heftig zu atmen, schlang einen ihrer zierlichen Arme um Maltes Nacken und streichelte seine Flanke hinunter. Plötzlich und früher, als Malte es erwartet hatte, griff sie mit einer zielstrebigen Bewegung in seinen Unterleib, wo sie jedoch schreckhaft zurückzuckte, als hätte sie einen elektrischen Schlag erlitten. Auch er erkannte sofort, dass da unten etwas nicht stimmte, und diese Erkenntnis riss ihn unsanft aus der Idylle des Morgens, denn unbestreitbar hatte Malte nicht einmal in Ansätzen das, was man eine Erektion nennen konnte.

Jetzt rutschte ihm lawinenartig alles wieder ins Gedächtnis: Der versoffene Nachmittag am Strand, die Party vor dem Zelt der Australier, das deutsche Raver-Pärchen, das allen Beteiligten ein Näschen Speed ausgegeben hatte. Danach versank Maltes Erinnerung in einem Strudel aus Alkohol, Musik, Gesichtern und Stimmen. Er hatte keinen Schimmer, wie das Mädchen in sein Zelt gekommen war, und auch nicht, was sich dort in der Nacht abgespielt hatte.

Plötzlich war die Stimme seines Übernachtungsgastes zu hören. Sie war hell und ein wenig kratzig, aber zu Maltes Überraschung sprach sie Deutsch, wo er die auf dem Campingplatz vorherrschende Verkehrssprache Englisch, vielleicht mit einem irischen oder skandinavischen Akzent, vermutet hatte. Sie fragte etwas, das mehr wie eine Feststellung klang: »Es geht wohl immer noch nicht?«

Die Scham kam über Maltes lädierten Rücken gekrochen wie eine kalte Schlange. Fast noch schlimmer als die Tatsache, dass er keinen Ständer vorweisen konnte, war seine an Sicherheit grenzende Vermutung, dass ihn die Blaselippen aller Pornostars der Welt nicht wieder in Form bringen würden, die verhängnisvolle Mischung aus Alkohol und Amphetamin hatte ihn sozusagen kampfunfähig gemacht.

Moment mal: Was meinte sie eigentlich mit »immer noch nicht«? Das konnte nur bedeuten, dass der frühmorgendlichen Pleite bereits eine nächtliche vorausgegangen sein musste. Malte stammelte eine spärliche Verteidigungsrede herunter: »Sorry ... liegt nicht an dir ... zu viel gesoffen ... und dazu das scheiß Pep ...«

Die Elfe lächelte hilflos. »Nicht schlimm«, sagte sie, aber das erschien Malte wie eine Behauptung weitab der Wahrheit, denn ihr Blick wirkte bitter enttäuscht, ja nahezu mitleidig, die Höchststrafe für jeden Liebhaber. Sie fummelte noch eine Weile bemüht in seinen kraftlosen Lenden herum, aber offenbar ohne rechtes Vertrauen in die Sache zu haben. »Ich geh dann mal duschen«, sagte sie schließlich, was sich anhörte wie eine Kapitulationserklärung. Sie durchwühlte den Müllberg nach ihren Sachen und zog sich rasch an. »Vielleicht ja heute Nachmittag am Strand?«, fragte sie zaghaft, und Malte wusste im ersten Moment nicht, ob sie damit einen möglichen Treffpunkt oder die Wahrscheinlichkeit einer Erektion meinte.

»Ja, mal sehen. Weiß noch nicht, was ich mache«, murmelte er nur, den Blick schamvoll auf den Zeltboden gerichtet. Sie beugte sich noch kurz zu ihm vor, schreckte dann aber wieder zurück, als hätte sie die Idee eines Abschiedskusses gehabt und sofort wieder verworfen. Dann verließ sie ohne weitere Worte das Zelt, und Malte war allein mit sich und seiner Niederlage.

Um ihn herum erwachte unterdessen der Campingplatz zum Leben. Die flappenden Schritte von Campern in Flip-Flops, heiseres Hundegebell und Geschirrgeklapper läuteten einen weiteren Tag unter der Sonne Südportugals ein. Malte schlüpfte in ein paar der muffigen Kleidungsstücke und schälte sich aus seinem Zelt.

Der *Campismo da Trindade* glich einem Katastrophengebiet. Auf dem staubigen Boden um die Zelte herum lag ein Wirrwarr aus Isomatten, Wasserkanistern, Gaskochern, Papptellern und Bergen von Flaschen und Geschirr, ein verwahrlost wirkender, rastalockiger Mann schlief, nur mit Unterhose bekleidet, auf einer Luftmatratze seinen Rausch aus. Überall liefen ausgemergelte schmutzige Hunde umher, paarten sich scheinbar wahllos oder schnüffelten in den Essensresten herum. Eine Handvoll verkaterter Camper versuchte, das Chaos notdürftig zu beseitigen, damit man am Abend wieder ein neues anrichten konnte. Eingerahmt wurde die Szenerie von hohen, mit Stacheldraht überspannten Mauern, die dem unwirtlichen Ort die Atmosphäre eines Gefangenenlagers verliehen. Es war ein ganz gewöhnlicher Morgen auf dem »schlimmsten Campingplatz Europas«, wie der *Trindade* einst von einem bekannten Campingführer in aller Ehrfurcht betitelt worden war.

Vor seinem Zelt trank Malte gierig die Reste aus den herumstehenden Flaschen und ging zur Baracke hinüber, welche die Toiletten und Duschen beherbergte – oder zumindest das hygienische Desaster, das man hier als Toiletten und Duschen benutzte. Malte erleichterte sich an der Pissrinne, wobei er die Luft anhielt, um nicht den beißenden Gestank einzuatmen. Am Waschbecken benetzte er sich flüchtig mit der seltsam riechenden Flüssigkeit aus dem rostigen Wasserhahn, dann verließ er den Teil der Anlage, der Insidern als *Kambodscha* bekannt war, durchquerte den nicht minder verwahrlosten Abschnitt *Vietnam* und ließ den Campingplatz hinter sich.

Im kleinen Supermarkt nebenan erstand Malte einen Sechserpack *Super Bock*, von dem er eine Flasche unmittelbar nach Verlassen des Ladens leerte. Die Plastiktüte mit seinem Proviant in der Hand ging er die schmalen gewundenen Gassen der Altstadt hinunter zum Busbahnhof. In Lagos erwachte das Leben, aber in seiner langsamen, portugiesischen Variante. Fischer mit Baskenmützen und sonnengegerbten Gesichtern saßen vor den Cafés und genossen ihren Galão mit Feigenschnaps. Ein klares, einfaches Leben, dachte Malte. Es war das genaue Gegenteil seines eigenen Lebens.

In der angenehm kühlen Abfahrtshalle war gerade ein Bus eingefahren, der Albufeira als Fahrziel auswies. Bunte und prachtvolle Erinnerungen an seinen ersten Campingurlaub in Portugal stiegen in Malte auf, als er gerade mal einundzwanzig gewesen war, ein saft- und kraftstrotzender Mann in der Blüte der Jugend, an den sauberen, schattigen Campingplatz am Stadtrand von Albufeira und an Nati, die niedliche Österreicherin, die beim Sex so angenehm schnell zum Orgasmus kam. Rasch löste Malte am Schalter einen Fahrschein und stieg zu.

Die Algarve ist eigentlich untypisch für Portugal, dachte Malte im Sprachgebrauch eines Reiseführers, während die Vororte von Lagos am Fenster vorbeizogen. Im Gegensatz zum regenreichen Norden des Landes bietet die Region mit ihrem trockenen Klima, der beeindruckenden Felsenküste und den zahllosen schönen Strandbuchten optimale Bedingungen für einen unvergesslichen Sommerurlaub ...

Mit dem dritten Bier kam Malte wieder in optimistische Stimmung. Der Himmel war wolkenlos, ein weiterer traumhafter Tag im Urlaubsparadies am Atlantik stand bevor. Das ewig vernieselte Hamburg und die Enge seiner Einzimmerwohnung waren weit weg. Schließlich begann die Landschaft, Malte bekannt vorzukommen. Auf einem Straßenschild las er *Porches Praia 2 km*, und Malte drückte kurzentschlossen den Halteknopf. Langsam beschlich ihn eine Ahnung, wohin sein Ausflug ihn führen würde.

Er ging an strahlend weißen Ferienhäusern und weitläufigen Feldern vorbei, auf denen Rinder träge in der Vormittagssonne dösten. Schließlich erreichte er den kleinen Urlaubsort, in dem er als Siebzehnjähriger den ersten Familienurlaub außerhalb Deutschlands verbracht und der seine Liebe zu Portugal und insbesondere zur Algarve begründet hatte. Zehn Jahre war das jetzt her. Damals war er ein zorniger, verwirrter Teenager gewesen, ohne Plan, was er mit seinem Leben anfangen sollte, und wenn Malte ehrlich zu sich selbst war, hatte sich daran seither im Prinzip nichts geändert.

Er passierte die große Strandbucht, wo schon die ersten sonnenverbrannten Engländer in der Hitze schmorten, und folgte dem Weg entlang der rotbraunen Klippen zu einer Felszunge, an deren Ende eine kleine weiße Kirche stand, das perfekte Postkartenmotiv. Malte war aber nicht zum Fotografieren hier, denn im Altarraum der *Nossa Senhora da Rocha*, der heiligen Dame des Felsens, hatte er mit siebzehn eine Jesusfigur aus Gummi vom Altar der Kirche gestohlen. Nach dem Urlaub hatte er die Figur Britta geschenkt, seiner großen, unerwiderten Teenagerliebe, aber auch das gestohlene Mitbringsel hatte nichts an Brittas absolutem Desinteresse an ihrem trübsinnigen Mitschüler geändert. Es war die erste Enttäuschung eines Liebeslebens gewesen, das mit seinen halbherzig geführten Beziehungen, heillosen Affären und betrunkenen One-Night-Stands letztlich äußerst unglücklich verlaufen war.

Malte trank sein letztes Bier aus und betrat die winzige Kapelle. Der Altarraum war menschenleer und vollkommen still, nichts war zu hören bis auf die Brandung, die draußen rauschend und zischend auf die Klippen eindrosch. Malte setzte sich auf eine der Holzbänke und betrachtete den damals wie heute üppig mit Blumen, Kerzen und Figürchen dekorierten Altar. Leider war die Jesusfigur immer noch in Brittas Besitz – oder, was weitaus wahrscheinlicher war, längst im Müll gelandet –, weshalb Malte seinen Frevel von damals nicht ungeschehen machen konnte. So blieb ihm lediglich, halblaut »Es tut mir leid« in den Altarraum zu rufen. Er bekam keine

Antwort außer dem Gebrüll des Meeres. Keine großen, lebensverändernden Gedanken gingen ihm durch den Kopf, während er stumpf den Altar anstarrte. Malte verließ die Kirche und fuhr mit dem nächsten Bus nach Lagos zurück.

Den Nachmittag vertrödelte er am Strand, sah den Klippenspringern zu und kämpfte mit einem weiteren Sechserpack mühevoll gegen den Kater an. Hin und wieder hielt er verstohlen Ausschau nach der jungen Deutschen, wobei er unschlüssig blieb, ob er ihre Abwesenheit begrüßen oder bedauern sollte.

Abends betrank sich Malte im Kneipenviertel von Lagos, ohne sich mit jemandem zu unterhalten. Alkohol wirkt bei mir nicht mehr, dachte er und erschrak im nächsten Moment darüber, dass er es laut gesagt hatte. In Wahrheit war Malte inzwischen irrsinnig betrunken, und nachdem ihm Rosko – oder wer auch immer in *Rosko's Bar* hinterm Tresen stand – höflich, aber bestimmt den Ausschank verweigert hatte, trat Malte den weitaus beschwerlicheren Rückweg zum Campingplatz an, der bergauf durch jetzt schwankende Gassen führte.

Auf dem *Trindade* lag eine der nahezu täglich stattfindenden Grillpartys in ihren letzten Zügen, ein paar völlig zerstörte Holländer saßen kiffend um ein schwindendes Lagerfeuer herum. Malte schleppte sich mit letzter Kraft in sein Zelt, gierig nach Schlaf. Er war nun, sein unruhiges Amphetamin-Koma nicht mitgerechnet, seit vierzig Stunden wach. Zur Unterstützung der Nachtruhe fischte er eine *Tavor* aus seiner Hosentasche und spülte sie mit Whisky hinunter.

Plötzlich vernahm Malte Stimmen vor seinem Zelt, darunter eine, die ihm bekannt vorkam. Er spähte durch den Sichtschlitz hinaus und sah zwei Gestalten rauchend vor dem Zelt der Australier stehen. Die eine war männlich, ein breitschultriger Kerl, der ein gedehntes, quakendes Englisch sprach, offenbar einer der Australier, mit denen Malte am Vorabend noch ausgelassen gefeiert hatte. Die andere Silhouette gehörte zweifelsfrei der jungen Deutschen, seiner Zeltbekanntschaft von letzter Nacht. Malte löschte das Licht seiner Taschenlampe und hielt den Atem an, denn nun setzten sich die zwei in Bewegung, Händchen haltend gingen sie keine zwei Meter an Maltes Zelt vorbei in Richtung *Vietnam*. Der Australier trug etwas – wahrscheinlich eine Decke oder ein Handtuch – unter seinem muskulösen Arm.

Maltes Eingeweide krampften sich zusammen, er spürte, wie das gallige Gift der Eifersucht in ihm zu brodeln begann. Wohin das junge Paar unterwegs war, konnte er sich nur zu gut vorstellen, er griff zum Whisky und leerte die Flasche mit einem kräftigen Schluck. Dann, als ihre Schritte und Stimmen nicht mehr zu hören waren, zog Malte den Reißverschluss seines Zelts herunter und kroch schwerfällig ins Freie.

Malte war sich nicht sicher, was er konkret vorhatte, aber eine schier magnetische Anziehungskraft zog ihn hinter den beiden her. Als er am Grillplatz vorbeikam, war dieser verwaist, das Lagerfeuer erloschen. Auf der

Mauer, welche die Feuerstelle vom Gehweg trennte, standen wie gewohnt die vom abendlichen Gelage zurückgebliebenen Flaschen. In ihrer Mitte ragte eine Literflasche *Smirnoff*-Wodka empor, sie war erstaunlicherweise noch zu einem guten Drittel gefüllt. Malte, dessen Gier nach Alkohol inzwischen keine Grenzen mehr kannte, nahm die Flasche an sich, bevor sein Blick auf einen Gegenstand fiel, der im Vollmondlicht silbern schimmerte.

Auf der steinernen Sitzbank lag, inmitten des üblichen Durcheinanders aus Geschirr und Abfall, ein Messer. Es war ein Anglermesser mit langer und schlanker Klinge, wie es hier auf dem Campingplatz, wo viel Fisch gegrillt wurde, oft Verwendung fand. Malte hob es auf, und sogleich schmiegte sich der Griff des Messers in seine Hand, als habe es nur darauf gewartet, von ihm gefunden und mitgenommen zu werden. Malte fühlte sich umgehend stärker und männlicher, die Klinge schien mit seinem Arm zu verschmelzen, als sei sie ein Teil seines Körpers, mehr noch, ein Teil seines Selbst, das sich nun auszudehnen schien. Mit dem Messer würde er den Mut haben, allem Bösen gegenüberzutreten, zum Beispiel dem Australier-Arschloch oder der treulosen deutschen Schlampe. Schwer atmend verstaute Malte die Klinge in der großen Seitentasche seiner Cargohose und ging weiter, immer tiefer in die unheilverheißende Nacht hinein.

Kurz nach Verlassen des Campingplatzes bemerkte er ein Kribbeln in den Handinnenflächen, das schließlich seine Arme hinaufkroch und seinen ganzen Körper nach und nach wie elektrisch aufzuladen schien. Malte holte die Tabletten hervor, von denen er vorhin eine eingeworfen hatte, und besah sich die Blisterverpackung im Schein des Vollmonds. Sein Verdacht bestätigte sich: Statt beruhigender Diazepine hatte er *Diminate Retard* erwischt, einen Appetitzügler, den er preisgünstig auf dem Hamburger Kiez erstanden hatte und der ähnlich aufputschend wirkte wie Speed. Was diese Nacht auch bringen würde, Schlaf würde es mit hoher Wahrscheinlichkeit nicht sein.

Unweit vom Campingplatz lag eine kleine Strandbucht, die bei jungen Pärchen aufgrund ihrer Abgeschiedenheit beliebt und daher unter dem Namen *Couples' Beach* bekannt war. Allerdings gab es einen schmalen Felsvorsprung ganz am Ende der Klippe, von wo es möglich war, Einsicht in die Bucht zu nehmen – ein Insidertipp, an dem sich einheimische Halbstarke erfreuten und neuerdings auch Malte, der von hier aus im Anschluss an erfolglose Sauftouren bereits unrühmlicherweise gespannt und einmal sogar dabei Hand an sich gelegt hatte.

Nachdem er, wackligen Schrittes und mit schwindendem Gleichgewichtssinn, mehrfach ausgerutscht und beinah die Klippe hinabgestürzt war, erreichte Malte seine geheime Aussichtsplattform und fand in etwa das vor, was er dort erwartet hatte. Der Australier und die Deutsche lagen in inniger Umklammerung am Rande der winzigen Bucht, sie hatten sich bereits jeglicher Kleidung entledigt und küssten sich, als ob es kein Morgen mehr gäbe. Ich muss das aushalten, dachte Malte und nahm einen beachtlichen Schluck Wodka, wenn ich das aushalte, kann ich jeden Schmerz der Welt aushalten. In der Tat schien kaum noch zu ihm durchzudringen, dass der Australier nun fachkundig die Brüste und den Unterleib seiner Eroberung bearbeitete und diese dabei voller Leidenschaft in seine dunklen Locken griff. Irgendetwas zwischen Malte und der Welt war gerissen, er war wie abgekoppelt von dem, was sich dort unter ihm abspielte, statt Schmerz fühlte er nur eine kalte, klare Entschlossenheit, ein nahezu kristallenes Wissen, was nun zu tun war.

Malte ging, diesmal deutlich festeren Schrittes, den Weg zurück und an der Klippe entlang zur steinernen Treppe, die zur benachbarten größeren Strandbucht hinabführte. Bevor er die gut fünfzig Stufen hinabstieg, zog er das Messer hervor. Der Mond schien keinerlei Einwände zu haben, er kam Malte nun, da die Klinge im Mondlicht aufleuchtete, wie ein Verbündeter vor. Unten angekommen, nahm er einen weiteren Schluck Wodka und stapfte wie ferngesteuert über den dunklen Sand auf den schmalen Durchgang im Felsen zu, welcher den Hauptstrand vom *Couples' Beach* trennte.

»Was willst du mit dem Messer, Malte?«, rief plötzlich jemand hinter ihm.

Erschrocken fuhr Malte herum und sah einen Mann in einem langen hellen Gewand auf halber Höhe der Treppe stehen. »Wo willst du hin damit?«, fragte er und kam langsam die Treppe herunter.

Wer zum Teufel war das? Ein Polizist wohl nicht, denn er trug erstens keine entsprechende Uniform, zweitens waren Deutschkenntnisse bei portugiesischen Polizisten wohl eher ungewöhnlich. Außerdem: Woher wusste der Fremde überhaupt, dass Malte Deutscher war? Und hatte er ihn nicht eben sogar beim Namen genannt?

»Wer sind Sie?«, rief Malte dem Mann entgegen und bemerkte zu seinem Erstaunen, dass er das Messer auf ihn gerichtet hielt. Sein ganzer Körper war in voller Anspannung, Malte befand sich eindeutig im *Kampfmodus*.

»Ich will nur mit dir reden, Malte«, antwortete der Fremde, während er immer weiter die Treppe hinabstieg. Jetzt sah Malte, dass er sehr langes Haar und ein Stirnband trug, seine nackten Füße steckten in Sandalen.

»Woher kennen Sie meinen Namen?«, rief Malte ihm zu und fand es im nächsten Moment etwas seltsam, jemanden zu siezen, dem er gleichzeitig ein fünfzehn Zentimeter langes Anglermesser entgegenhielt.

»Ich weiß *alles* über dich«, sagte der Mann und schien dabei zu lächeln. Jetzt war er unten am Strand angekommen und ging langsam auf Malte zu.

Ich hab den irgendwo schon mal gesehen, dachte Malte, er kam aber nicht darauf, wann und wo. Der Typ hatte Ähnlichkeit mit dem alten Hippie (ein Israeli?), der in einer Ecke von *Vietnam* einen gelben *VW*-Bus bewohnte. Die anderen Camper machten sich regelmäßig über den verschrobenen Einsiedler lustig, auf dem Campingplatz hatte man ihm den Namen *Jesus* gegeben.

Wieso aber war dieser Freak Malte gefolgt, wieso behauptete er, alles über ihn zu wissen, und was zum Teufel hatte er vor?

»Was willst du?«, rief Malte ihm durch die Dunkelheit zu.

»Wie gesagt, ich will mit dir reden, Malte. Und ich habe etwas für dich. Aber dafür möchte ich auch etwas von dir haben. Komm, Malte, gib mir das Messer.«

Was um alles in der Welt könnte der für mich haben, dachte Malte, zunehmend ratlos, wie er mit dieser seltsamen Situation umgehen sollte. »Was hast du für mich?«, fragte er, das Messer immer noch auf den Langhaarigen gerichtet. Der Mann kam jetzt ungefähr zwei Meter vor Malte zum Stehen und streckte ihm die geballte Faust entgegen.

»Vorsicht!«, brüllte Malte und fuchtelte theatralisch mit dem Messer herum, wobei er mit der anderen Hand weiterhin die Wodkaflasche umklammerte.

»Keine Sorge, Malte. Ich tue dir nichts. Niemandem tue ich was.« Der Mann öffnete langsam die Faust, und darin kam etwas zum Vorschein, das Malte sofort wiedererkannte.

»Das kann nicht sein«, stammelte Malte. Er ließ das Messer sinken. »Wo haben Sie das her?«

In der Hand des Fremden lag die Jesusfigur aus Gummi, die Malte damals in der kleinen Kirche gestohlen und dann seiner Flamme Britta geschenkt hatte.

»Das ist nicht möglich ...«, murmelte Malte und starrte die Figur wie hypnotisiert an.

»Malte«, rief der Mann und schloss die Hand wieder, »das Messer.«

Malte zögerte kurz, überlegte hin und her, schließlich aber händigte er dem Unbekannten die Waffe aus.

»So ist es gut«, sagte dieser sanft und überreichte Malte im Gegenzug die Jesusfigur. »Ich gebe dir diese Figur zurück. Deinen Diebstahl von damals verzeihe ich dir, so, wie du mich darum gebeten hast.«

»Ich habe *was*?«

»Heute Mittag in der Kirche«, sagte der Mann lächelnd. »Erinnerst du dich etwa nicht mehr?«

»Ach das ...« Scheiße, dachte Malte konfus, der weiß wirklich alles über mich.

»Ich gebe dir die Figur zurück, und es steht dir frei, sie wieder zu verschenken. Gib sie, wem du willst, aber wähle diesmal weise. Und wenn ich dir noch einen Rat geben darf ...« Der Fremde hielt kurz inne und sah in Richtung *Couples' Beach*. »Versuche nicht, andere in deine Probleme mit hineinzuziehen. Alles, was du brauchst, um dich zu retten, liegt in dir. Und *das da*« – er deutete auf die Flasche in Maltes Hand – »das da wird dir nicht dabei helfen.«

Malte stellte die Flasche im Sand ab und besah sich die etwas klobige Gummifigur, die Jesus am Kreuz darstellen sollte. Was hatte er damals geglaubt, mit seinem Geschenk in Britta auslösen zu können? Diesmal würde seine Wahl eine weisere sein, daran bestand kein Zweifel. Vielleicht würde seine Wahl auch darin bestehen, die Figur nie wieder herzugeben.

»Eins muss ich aber noch ...«, hob Malte an, doch plötzlich stand der Mann nicht mehr bei ihm, sondern stieg schon wieder die Stufen der Treppe hinauf. Wie war er in diesen anderthalb Sekunden dort hingekommen? So langsam verstand Malte nichts mehr von dem, was hier gespielt wurde. »Hey, Moment, warten Sie! Eins muss ich wirklich noch wissen!«

Der Mann, dessen Umhang im Mondlicht weiß schimmerte, drehte sich langsam um.

»Wer sind Sie?«, rief Malte über den schwarzen Strand.

Der Mann lächelte und hob fast schon entschuldigend die Hände. »Ich bin der Sohn Gottes«, sagte er in einem lakonischen Tonfall, als würde er einen Kommentar zum Wetter abgeben. »Ich bin der Sohn Gottes, Malte, aber stell dir vor: Das bist du auch.« Damit stieg Jesus, oder wer immer er war, weiter die Treppe hinauf, wo ihn die Dunkelheit bald verschluckte.

Malte stand jetzt allein am Strand mit seiner Jesusfigur, um ihn herum nichts als die Nacht. Für einen Moment war er sich unsicher, ob ihm seine überreizten Sinne vielleicht einen Streich gespielt hatten. Er ging zum Felsbogen hinüber und wagte einen Blick hindurch in den *Couples' Beach*. Vom Treiben des Liebespaars war nichts mehr zu sehen, der Strand war leer bis auf den Schein des Mondes, der ein milchiges Tuch über den Sand legte.

Malte setzte sich und dachte nach, bis die Sonne aufging. Seltsamerweise fühlte er sich absolut nüchtern, so klar wie seit Tagen, vielleicht auch seit Jahren nicht mehr. Als es hell wurde, stieg er die Treppe zur Straße hinauf, wo die graue Festung des *Campismo da Trindade* ihn mit ihrem eisernen Tor und dem Stacheldraht erwartete. Kurz vor dem Eingang überprüfte Malte den Inhalt seiner Taschen: Er trug seine Geldbörse, ein Feuerzeug und ein paar Zigaretten, eine angebrochene Packung Appetitzügler sowie eine Jesusfigur aus gelbem Gummi bei sich. Malte hatte alles, was er brauchte. Ohne weiter nachzudenken, wandte er sich vom Campingplatz ab und schlug stattdessen den Weg zum Bahnhof von Lagos ein. Die Straßen der zweitausendjährigen Stadt waren menschenleer. Malte ging durch den Morgen wie über Wasser, begleitet vom Gekreische der Möwen, das sich jetzt anhörte wie die Schreie neugeborener Kinder.

Der Endgegner

Der Tag, an dem Hagen zurückkehrte, begann als typischer Montag. Zerschlagen von einem weiteren Wochenende mit wenig Schlaf und viel Alkohol entstieg ich dem U-Bahn-Schacht und wurde von der Gedenktafel an der Außenwand meiner Arbeitsstelle empfangen: Bei dem rostbraunen Backsteingebäude im Hamburger Kontorhausviertel handelte es sich um den ehemaligen Firmensitz von *Tesch & Stabenow*, jenem Unternehmen, das im Dritten Reich durch den Vertrieb des Nervengases *Zyklon B* zweifelhafte Berühmtheit erlangt hatte.

Wieder einmal kam ich nicht umhin, mir meine Kollegen in Nazi-Uniformen vorzustellen, Befehle erteilend, Todeslisten abhakend, einander auf den Fluren *Sieg Heil!* entgegenbrüllend. Ich erschrak jedes Mal fast ein bisschen, wie wenig Fantasie dazu gehörte. Es lag auf der Hand, dass der grauenhafte geschichtliche Background dieser Mauern meiner emotionalen Bindung an die *Alpha Content KG* nicht unbedingt förderlich war.

Ansonsten begann dieser Arbeitstag wie jeder andere in den zurückliegenden anderthalb Jahren. Um Viertel vor zehn schlurfte ich frei vom Verdacht jeden Tatendrangs durch den Eingangsbereich, murmelte ein schlaffes »Moin« ins Großraumbüro, das nur zwei oder drei der Anwesenden ebenso enthusiastisch erwiderten, schmiss meine Jacke auf den Garderobenständer und suchte umgehend Zuflucht an meinem Schreibtisch, der für die nächsten acht Stunden meine rettende Insel an diesem lebensfeindlichen Ort sein würde.

Während mein Rechner gemächlich hochfuhr, stand mein Schreibtischnachbar Philipp bereits unter Starkstrom. »Hallo, Herr Wohlstedt, ich grüße Sie!«, säuselte er im gewohnt unterwürfigen Tonfall in den Hörer, um einem der zahlreichen Investoren der *Alpha Content* anschließend eine Lkw-Ladung Honig ums Maul zu schmieren. Schnell zog ich Kopfhörer und MP3-Player hervor, meine Geheimwaffen im Projekt *Einen weiteren Arbeitstag ohne Nervenzusammenbruch überstehen*, und schon bald legten sich die beruhigenden antikapitalistischen Parolen von *Bad Religion* über das hohle Gesülze.

Ich öffnete das Ticketprogramm und überflog kurz die Wochenbriefings, mit denen mich die Projektmanager wie an jedem Montag beglückt hatten. Bei der *Alpha Content KG* handelte es sich um eine Art Online-Redaktion, die billige Allerweltsartikel von Contentfarmen oder freien Journalisten einkaufte und auf werbefinanzierten Internet-Plattformen der Öffentlichkeit darbot.

Laut E-Mail-Signatur war meine Position die eines *Content Agents*, was in der Firmenhierarchie nur hauchdünn über den Praktikanten rangierte. Meine Aufgabe bestand darin, die als *Word*-Dokumente oder PDFs angelieferten Artikel in ein Content Management System einzupflegen, ein oder zwei Stockfotos aus einer

Bilddatenbank herunterzuladen, die Inhalte zu verschlagworten und den ganzen Quark schließlich online zu stellen. Da sich das Auftragsvolumen glücklicherweise in Grenzen hielt, nahm ich mehr als die Hälfte meiner Arbeitszeit die Angebote der Konkurrenz in Augenschein: *Spiegel Online, Bild.de, stern.de und* so weiter waren treue Verbündete, wenn es galt, sich mal wieder eine Schneise durch den zähflüssigen Brei aus Nachmittagslangeweile zu bahnen. Immerhin wusste ich, warum ich mir all das antat: Die für einen derartigen Idiotenjob akzeptablen 1000 Euro netto finanzierten meine schimmelverseuchte Einzimmerwohnung sowie meine Leidenschaft, die Wochenenden auf dem Hamburger Kiez durchzusaufen und hin und wieder eine betrunkene Frau zum Beischlaf mit einem ebenso betrunkenen Content Agent zu überreden. Ich war neunundzwanzig Jahre alt, und wenig deutete darauf hin, dass sich an dieser Art von Dasein in absehbarer Zeit allzu viel ändern würde.

Doch das tat es, und zwar von diesem Vormittag an. Während mich der erste meiner täglichen vier bis sechs Becher Kaffee langsam der nebligen Bräsigkeit des Montagmorgens entriss, entdeckte ich am Schreibtisch ganz hinten links in der gegenüberliegenden Ecke ein neues Gesicht. Nun, eigentlich sah ich nur den Hinterkopf, der zu einem hochgewachsenen blonden Mann im jungen bis mittleren Alter zu gehören schien. In unserem Großraumbüro standen immer zwei Tische aneinander, und der Neue hatte an dem seit Wochen verwaisten Tisch bei

Projektmanager Stockmann Platz gefunden, der mich mit Briefings zu einem stumpfsinnigen Motorsport-Portal versorgte. War Stockmann etwa ein weiterer Content Agent zugeteilt worden? Vielleicht ist das mein Nachfolger, schoss es mir durch den Kopf, schließlich war mein Arbeitsverhältnis auf zwei Jahre befristet und würde in wenigen Monaten auslaufen. Um mich nicht unnötig in die Sache hineinzusteigern, widmete ich mich wieder der Koffeinzufuhr und dem *Bild.de*-Artikel über die sexuellen Eskapaden der *Big-Brother*-Hausbewohner.

Bei der nächsten Kaffeebeschaffung traf ich in der Küche auf Doro und Elena. Mein Timing war wie so oft unter aller Kanone, denn noch war ich alles andere als in geeigneter Verfassung, um mit den beiden *Supergirls* Konversation zu machen.

»Einen wunderschönen! Na, Torsten, du wirkst ja wieder mal topfit! Anstrengendes Wochenende gehabt?«, fragte Doro, die unangenehm extrovertierte Marketing-Assistentin.

»Wie immer«, brummelte ich zurück.

»Wieder aufm Hamburger Berg die Frauen verrückt gemacht?« Die dralle Schnepfe hatte ein Grinsen aufgesetzt, das fast noch breiter war als ihr Ausschnitt. Zur Antwort gab ich nur irgendein unverständliches Gemurmel von mir, viel lieber jedoch hätte ich ihr einen Latte macchiato über die Trendfrisur gekippt. Seit sie einmal zeitgleich mit mir das *Roschinsky's* besucht und mich live und in Farbe bei sturzbetrunkenen Baggerversuchen beobachtet hatte, war Doro leider Gottes über meine bevorzugte Art der Freizeitgestaltung im Bilde.

Was mir den Montagmorgen jedoch restlos versaute, war das spöttische Schmunzeln aus der Ecke von Elena. Ach, du schöne Elena, Herrscherin meines Herzens, Hüterin aller Weisheit der Welt, Göttin der Liebe und des Leidens, Gebieterin des Kosmos, Urgrund allen Seins, oh du Ewige! Elena war nicht nur die bei Weitem attraktivste Frau der Firma, sondern auch vollkommen unerreichbar für einen Normalsterblichen wie mich. In dem von ihr betriebenen Single-Blog auf dem hirnverbrannten Frauenportal *fashion-style-club.de* legte sie in aller Ausführlichkeit dar, warum keines ihrer Dates ihren astronomischen Ansprüchen genügte. Darüber, dass ein kleiner Content Agent mit lasterhaftem Lebenswandel der Letzte war, der ihren Single- in einen Pärchenblog verwandeln würde, gab es keine zwei Meinungen.

»Hast du eigentlich schon den Neuen kennengelernt?«, erkundigte Doro sich wenig überraschend. Sie war die geborene Flurfunkerin, ein ständig empfangsbereites Radar, das immerfort Daten einsog und aussendete.

»Der Neue? Du meinst, der Typ bei uns im Büro? Nee, bisher nur seinen Hinterkopf«, sagte ich.

»Na, der wird ja bestimmt heute noch rumgeführt. Also, mein erster Eindruck ... An dem Kopf ist was ganz Leckeres dran, strammer Bursche, hihi. Schön maskulin, nicht so ein Weichei.« Den Zusatz *wie unser Kollege Torsten hier* konnte sich die dämliche Ziege offenbar gerade noch verkneifen. »Vielleicht Futter für deinen nächsten Blogbeitrag, Ela?«

»Ich werde das Material mal prüfen«, kiekste Elena und beförderte meine ohnehin schon labile Laune endgültig in den Minusbereich. Meine Güte, es war noch nicht einmal Mittag und ich wünschte schon wieder heiß und innig, der blöde Automat würde Wodka statt Kaffee ausspucken.

Als ich ins Großraumbüro zurückkehrte, stand zu meiner Überraschung Berger an Philipps Platz. Dass unser Geschäftsführer sein Chefbüro ganz am Ende des Flurs verließ, kam selten genug vor, dass er sich mit Angestellten unterhalb der höheren Führungsriege unterhielt, praktisch nie. Und Berger war nicht allein: Neben sich hatte er den Hinterkopf, den Neuen, den *leckeren Burschen* dabei.

»Ah, und wenn man vom Teufel spricht«, schnarrte Bergers Stimme in meine Richtung, »die Kaffeepausen sind eben das Schönste am Arbeitstag. Das ist unser Herr Löschke. Herr Löschke ist als Content Agent sozusagen die Schnittstelle zwischen Projektmanagement und IT.«

»Löscher«, verbesserte ich den Boss kleinlaut, und mein Name kam so kraftlos und brüchig aus meiner plötzlich wie zugeschnürten Kehle, dass er augenblicklich zu Staub zerfiel. Der Neue hatte ein Lächeln aufgesetzt, wobei er strahlend weiße Zähne blitzen ließ und mich mit seinen dunkelgrünen Augen schier durchbohrte, so wie damals, genauso wie damals.

Fahles Vormittagslicht fällt durch das Kippfenster in die Jungentoilette des Papptraktes. Es ist kalt hier, unfassbar kalt, denn der behelfsmäßig aufgebaute Papptrakt wird jetzt im April nicht mehr beheizt und die Wände sind dünn wie Papier. Die Kälte scheint in meinen Adern zu fließen, sie durchflutet meinen ganzen Körper, während Kili und Raschke mich festhalten, jeder hat sich einen meiner Arme untergehakt, ich brauche gar nicht versuchen, mich loszureißen, ich weiß: Aus dieser Umklammerung gibt es kein Entkommen, auch heute nicht. Pöhler hat den Papierkorb halb voll mit Wasser gefüllt, und jetzt gibt er ihn Hagen, der mich, während er den grauen Plastikeimer in Empfang nimmt, verächtlich angrinst, seine Augen sind dunkelgrün wie uraltes, böses Moos. »So, Löscher, jetzt wollen wir doch mal sehen, ob du es wagen wirst, mir noch mal zu widersprechen«, sagt Hagen mit seiner tiefen, leicht heiseren Stimme, die den Stimmbruch bereits hinter sich hat. Er stemmt den Eimer vor mir empor wie ein Fallbeil, das gleich auf mich niedergehen wird, Hagen überragt mich um gut zwanzig Zentimeter und scheint, während er den Eimer hochwuchtet, immer größer und größer zu werden. »Über den Kopf, voll über den Kopf!«, kreischt Pöhler hinter ihm hysterisch, er trippelt vor Vorfreude nervös auf und ab.

»Nix da«, erwidert Hagen, »ich hab 'ne viel bessere Idee.« Plötzlich lässt er den Eimer wieder sinken und gießt seinen Inhalt direkt über meinem Schritt aus, Hagen zielt sorgfältig, sodass sich ein fast kreisrunder Fleck auf meiner Cordhose bildet. »Na, Löscher, du kleiner Pisser, was

ist das denn?«, fragt Hagen mit gespielter Neugier. »Ist der
kleine Löscher etwa noch nicht stubenrein? Hat dir deine
Mami nicht beigebracht, wie man aufs Klo geht?«

Die anderen lachen und johlen hemmungslos vor
Freude, »Geil, Hagen!«, jubelt Kili. »Der hat sich vollge-
pisst!«, kreischt Raschke vollkommen außer sich. Pöhler
steht jetzt in der Tür, er brüllt den Flur hinunter: »Löscher
hat sich in die Hose gepisst, Löscher hat sich vollgepisst!«,
und sofort zieht vom Gang her ein Stimmengewirr herauf,
brodelnd und zischend wie ein Gewitter ...

»Ach ja, natürlich: Löscher, Herr Löscher«, verbesserte
Berger sich und deutete auf den Neuen. »Ich darf unseren neuen Kollegen vorstellen: Lennart Hagen, *Junior*
Projektmanager. Herr Hagen hat BWL studiert und bis
vor Kurzem sehr erfolgreich bei einem Online-Radio-
sender im Business Development gearbeitet. Er wird
hier bei uns ein paar ganz frische Projekte betreuen.«

Ob Hagen mich ebenfalls erkannt hatte? Aus seinem
stoischen Grinsen war keine Überraschung herauszule-
sen und kein Anzeichen dafür, dass er angestrengt nachdenken würde, woher er meine Visage eventuell kennen
könnte.

Ich täuschte mich leider gewaltig.

»Herr Löscher und ich kennen uns bereits«, sagte
Hagen mit sicherer Stimme, während seine Zähne noch
weißer und seine Augen noch grüner zu werden schienen. Verdammt, dachte ich, das kann alles nur ein völlig
bescheuerter Traum sein. Dann reichte er mir auch noch

die Hand, die ich natürlich ergreifen musste, denn vor den Augen des Geschäftsführers einen Händedruck zu verweigern war etwas, das im Ablauf des Universums nicht vorgesehen war.

Hagen drückt meine Hand, erst ganz lasch und beinahe zärtlich, als wolle er sich über mich lustig machen, dann aber wird sein Griff immer fester, gleichmäßig steigert er den Druck, der Schmerz kommt plötzlich und wellenförmig, schließlich steckt meine Hand wie in einer Schraubzwinge, mein Gott, wo hat er nur diese Kraft her, bald schon spüre ich die Knochen, die sich knirschend aneinanderreiben wie Kontinentalplatten, wir hatten das gerade erst in Erdkunde, wenn er nicht aufhört, wird meine Hand zusammenbrechen wie die Stadt San Francisco beim großen Beben 1906. Immer wenn ich denke, jetzt kann nicht noch mehr kommen, mehr Schmerz geht doch gar nicht, drückt Hagen noch fester, als wolle er meine Hand in Brei verwandeln, eine klebrige Schmerzmasse, die in die Schreibtischplatte einsickern und mit ihr verschmelzen wird, so wie ich mit dem Schmerz verschmelze, der jetzt den ganzen Klassenraum füllt und nach außen dringt, an die Luft bis hoch in die Atmosphäre, bis die ganze Welt schließlich nur noch aus Schmerz besteht.

»Wirst du mir jetzt wohl noch einmal den Handschlag verweigern, Löscher? Wirst du das, du elende Missgeburt?«

»Wir sind zusammen zur Schule gegangen«, schob Hagen hinterher, und es klang für mich, als habe er »zur Schule gegangen« bewusst hämisch betont und würde am liebsten »wo ich diesem kleinen Versager hier das eine oder andere Mal die Fresse poliert habe« hinzufügen wollen.

»Na so was«, erwiderte Berger staunend, »was ist die Welt doch klein! Na, dann werden Sie ja sicherlich ganz besonders gut zusammenarbeiten ...«

Moment mal, dachte ich: *Zusammenarbeiten?* Hätte mir meine jahrelange Tätigkeit als niederer Büroangestellter nicht beigebracht, Führungskräften niemals zu widersprechen, ich hätte eigentlich »STOPP!« rufen müssen, »sorry, aber eher friert die Hölle zu, als dass ich mit *dem da* zusammenarbeite.«

Dann aber wandten sich Berger und Hagen auch schon dem nächsten Doppelschreibtisch zu. Benommen taumelte ich an meinen Platz, tippte wie in Trance mein Passwort ein und reagierte nicht darauf, als Philipp irgendeinen Scheiß von sich gab wie »witziger Zufall« und »Hamburg ist ja ein Dorf«. Den Rest des Nachmittags klickte ich mich durch meine Lesezeichen, ohne etwas zu lesen, die Buchstaben tanzten vor meinen Augen und ergaben keinen Sinn, während ich fassungslos gegen die Gewissheit ankämpfte, dass Lennart Hagen und ich Arbeitskollegen waren. Das darf doch nicht wahr sein, dachte ich immer wieder, so viel Pech kann man gar nicht haben. Lieber hätte ich mit Osama bin Laden zusammengearbeitet als mit dem Typen, der mir die

Jugend ruiniert hatte. Ich wagte gar nicht mehr, von meinem Rechner aufzublicken, so sehr fürchtete ich, noch einmal in dieses männlich-markante, perfekt rasierte Gesicht sehen zu müssen, diese Höllenfratze, deren Anblick allein schon so viele Wunden aufriss.

Auf die Sekunde genau um fünfzehn Uhr, dem gemäß Gleitzeitregelung frühestmöglichen Feierabendbeginn, stürzte ich aus der Firma hinunter zum U-Bahn-Kiosk. Diesmal kaufte ich gleich zwei *Paderborner*, das abscheulichste, aber günstigste Bier im Angebot, stolperte zurück ans Licht und ließ mich an meinem Stammplatz nieder, einer kleinen, sichtgeschützten Hafentreppe.

Hastig leerte ich die erste Dose, atmete durch und musste plötzlich über mich selbst lachen. Hatte ich ernsthaft geglaubt, dass ich unter diesen Umständen jemals wieder einen Fuß in diese Firma setzen würde? Zum Glück hing ich ohnehin nicht übermäßig an diesem Job, der Abschied würde mir also leichtfallen. Heute Abend noch würde ich mich hinter die Jobportale klemmen und mich morgen früh gleich zu Dr. Marbert aufmachen, *ja, der Magen mal wieder, einen gelben Zettel bitte, am besten gleich zwei Wochen*, und überhaupt: Die Zukunft konnte nur besser werden. Wahrscheinlich war Hagens Rückkehr einfach ein Zeichen, ein Wink des Schicksals mit einem riesigen Zaunpfahl, dass ich endlich kündigen sollte, und jetzt schon wartete ein viel besserer und besser bezahlter Job auf mich, mit netten Kollegen und einer Elena, die mich beachten würde ...

Als ich am nächsten Tag den Rechner hochfuhr, stellte ich enttäuscht fest, dass ich weder Jobportale durchforstet noch meinen Dr. Marbert konsultiert, sondern den ganzen Abend gesoffen hatte und am Morgen wie gewohnt zur Arbeit aufgebrochen war. Gut, dachte ich mir, ich war wohl noch etwas unter Schock, das dazugehörige Biergelage konnte mir niemand verdenken. So würde heute dann eben mein letzter Arbeitstag sein. Einmal noch Philipps devote Telefonate und Stockmanns blödsinnige Briefings, vielleicht noch ein letztes Mal in Elenas göttliche Augen blicken ...

Ein paar weitere letzte Arbeitstage später war jedoch Freitag und die Woche über nichts Wesentliches passiert. Ein- oder zweimal hatte ich halbherzig auf einer Jobbörse herumgeklickt, mich aber sofort von den viel zu hohen Anforderungen der Stellenanzeigen abschrecken lassen. Kenntnisse in *PHP 5, MySQL, MS Access, JavaScript, Typo 3?* Anscheinend wurde meine Paradedisziplin, Daten per *Copy & Paste* von A nach B zu verschieben und ansonsten Kaffee zu trinken, auf dem Arbeitsmarkt nicht mehr nachgefragt. Außerdem beschränkte sich mein Kontakt zu Lennart Hagen bislang darauf, mit seinem Hinterkopf im selben Raum zu sitzen. Wozu die Panik? Wahrscheinlich würde ich jobtechnisch keinerlei Schnittmengen mit ihm haben und dem Dꞏrecksack ansonsten einfach aus dem Weg gehen. Mein Arbeitsvertrag lief demnächst ohnehin aus, auf Jobsuche gehen müsste ich dann so oder so.

Und genau in diesem Augenblick, als ich meinen Frieden mit mir und der Gesamtsituation machen wollte, explodierte dieser Termin in meinen Kalender wie ein Sprengsatz, der alles zum Einsturz brachte.

Projektbesprechung „Audiobox"
Teilnehmer: Lennart Hagen, Torsten Löscher
11:30 Uhr, Raum 206

So viel zum Thema *keinerlei Schnittmengen*. Im Gegenteil: Ich war einem Projekt von Hagen zugeteilt worden, und so wie es sich las, handelte es sich um ein Zwei-Mann-Projekt. Bis halb zwölf war es noch eine gute Stunde, mir blieb also noch etwas Zeit, Amok zu laufen oder mich vor die U-Bahn zu werfen. In der Tat überlegte ich, ob ich nicht aufstehen, gehen und einfach nicht mehr wiederkommen sollte. Ich verlor mich so tief in Verzweiflung und Selbstmitleid, dass ich zusammenzuckte, als plötzlich Hagen an meinem Schreibtisch stand. »Torsten, du hattest den Termin ja gar nicht angenommen. Wärst du dann so weit?«

Die Uhr zeigte 11:29. Ich murmelte irgendwas, das nach Zustimmung klang, langte kraftlos nach meinem Collegeblock und trottete hinter Hagen her Richtung Meetingraum wie ein Stück Vieh, das zur Schlachtbank geführt wird.

»Sooo, Herr Kollege vom Gymnasium Rakelsbusch ... lang, lang ist's her ...« Ich starrte nur dumpf in mein Spiegelbild auf dem Glastisch, und als Hagen merkte, dass ich auf seinen Verweis auf unsere gemeinsame Vergangenheit nicht ansprang, ging er glücklicherweise zum geschäftlichen Teil über. »Okay, Thema *Audiobox* ...« Er wühlte in seinen zahllosen Mappen, Blöcken und Projektheftern. Herrgott, der Penner war erst eine Woche hier, wie hatte er dieses ganze Zeug in der kurzen Zeit angehäuft? Ich war seit einundzwanzig Monaten in der Firma und hatte kaum mehr als eine halbe Seite in meinem Collegeblock vollgekritzelt, und selbst dabei handelte es sich größtenteils um grottenschlechte Anmachsprüche oder Titelideen für Romane, die ich nie schreiben würde. »Wir werden in den nächsten Monaten zusammen ein neues Projekt aufbauen, und zwar handelt es sich um ein Hörbuchportal. Der Markt für Hörbücher hat enormes Wachstumspotenzial, und die *Alpha Content* wird mit leichter Verspätung, aber immer noch soliden Erfolgsaussichten auf den Zug ...«

Hagen ließ einen begeisterten Monolog vom Stapel, ich jedoch bekam wenig bis nichts mit von dem, was er über das dämliche Hörbuchprojekt zu berichten hatte. Seine Stimme klingt immer noch wie früher, dachte ich immer wieder. Hagen war ein Jahr älter als ich und wiederholte damals die siebte Klasse, die Würfel (ich konnte mir beim besten Willen nicht vorstellen, dass Schulleiter derartige Entscheidungen anders fällten) hatten ihn meiner *Quarta E* zugeteilt. Anfangs hatte es witzigerweise den Anschein, dass Hagen und ich uns gut verstehen, ja vielleicht sogar Freunde werden könnten, zumindest hatten wir uns ein paar Mal in der Pause unterhalten und sogar gemeinsame Interessen wie Eurodance-Musik und Computerspiele festgestellt. Mein einziger richtiger Freund Lars war in der Lateinklasse gelandet – ein neuer Klassenkumpel war genau das, was ich brauchte.

Und wie sehr mir alles an ihm gefiel! Im Prinzip verkörperte Hagen all das, was ich sein wollte: Männlich, erwachsen, souverän, wohlhabendes Elternhaus, Typ Mädchenschwarm. Hagen trug *Levi's 501* und *Chevignon*-Pullover, während ich in Discounterklamotten herumlief und vor Scham nur zusammenhanglosen Murks herausbrachte, wenn ein weibliches Wesen mich ansprach. An Hagens Seite jedoch würde ich wachsen, das Geheimnis der Coolness ergründen und irgendwann selbst ein Mädchenschwarm werden ...

Nach ein paar Tagen der Orientierung aber tendierte Hagen schnell in die Richtung von Kili, Raschke und Pöhler, was letztlich zu erwarten gewesen war, denn die drei Pissnelken drehten ebenfalls eine Ehrenrunde und waren genau wie Hagen von wenig zartfühlendem Naturell. Schnell bildeten die vier ein festes Gespann, eine Art Rowdy-Club, und Hagen war dank seiner Alphatier-Mentalität von Anfang an ihr Anführer. Bevorzugtes Ventil ihrer Wut war, wiederum wenig überraschend, ich. Durch meine Unsicherheit und Schüchternheit wurde ihr Zorn angelockt wie Haifische von Blut, und so diente ich zunächst als Zielscheibe verbaler Attacken, wie Spott über meine Klamotten, meine Frisur und so weiter. Bald darauf wurden Hefte versteckt und Stifte geklaut, schließlich landete der erste Kaugummi in meinem Haar, es wurden nach der Sportstunde Schnürsenkel zusammengebunden, Turnbeutel an der Bushaltestelle in die Büsche geworfen. Da Lehrer wie Mitschüler nichts bemerkten oder bemerken wollten, war es bis zu den ersten Schlägen nicht weit, und noch im Herbst des ersten Halbjahres kam ich regelmäßig mit Schrammen und blauen Flecken nach Hause, die ich mir auf Nachfragen meiner Eltern natürlich allesamt beim Fußball auf dem Pausenhof zugezogen hatte. Die Schule war ein Albtraum und jeder Tag eine Naturkatastrophe, und je mehr ich darüber nachdachte, umso erstaunlicher kam es mir vor, dass ich die siebte Klasse überstanden hatte, ohne an einem Strick von der Decke des Papptrakt-Klos zu baumeln.

In der achten aber dann die überraschende Rettung: Nachdem ihn seine Eltern wiederholt beim Rauchen und Trinken erwischt hatten, wurde Hagen kurzerhand auf ein Internat verbannt, und da Raschke und Pöhler dank miserabler Noten auf die Realschule wechselten, war die tägliche Tortur mit Anbruch des neuen Schuljahres vorbei. In meinem Innern jedoch war da schon längst etwas in die Brüche gegangen, das sich nie wieder ganz zusammenflicken lassen sollte.

»Torsten? Hallo, bist du noch da? Huhu!«, unterbrach Hagen plötzlich meine bitterböse Zeitreise und wedelte mit seinen Pranken hysterisch vor meinem Gesicht herum.

»Hmmm …«, brummelte ich nur. Mir fiel auf, dass ich ihm offenbar die ganze Zeit mit verschränkten Armen und den Körper leicht abgewandt gegenübergesessen hatte, den Blick konzentriert in Richtung Klimaanlage gerichtet.

»Sag mal …« Er machte eine etwas hilflos wirkende Pause, schien mit meiner Lethargie überfordert. »Ernsthaft, Torsten, passt dir irgendwas nicht?«

»Was?«, erwiderte ich, mindestens ebenso geistreich.

»Wir haben hier ein Kick-off-Meeting, und ich hab den Eindruck, du hörst überhaupt nicht zu. Moment …« Wieder machte er eine Pause, in der er diesmal angestrengt nachzudenken schien. »Es ist doch nicht wegen damals, oder?«

»Wegen was?«, fragte ich selten dämlich zurück. Hagen musste inzwischen den Eindruck haben, dass er es mit einem Schwachsinnigen zu tun hatte.

»Wegen der Schule. Ehrlich, Torsten, das kann nicht dein Ernst sein. Diese Sachen sind zwanzig Jahre her.«

»Siebzehn«, murmelte ich, ohne dass ich darüber nachdenken musste.

»Wie bitte?«

»Siebzehn Jahre. 1992, siebzehn Jahre sind das.«

»Und wenn schon. Mensch, Torsten, das waren ein paar Späße, hörst du? Kleine Fights unter Schülern. Wir waren Kinder, okay? Kinder! Diese Sachen sind ewig lange her!«

»Hmmm.« Ich starrte nach wie vor an Hagen vorbei, es schien mir unmöglich, ihm ins Gesicht zu sehen. *Diese*

Sachen. Plagte ihn etwa ein schlechtes Gewissen? Wahrscheinlich nicht, das passte nicht zu Leuten wie ihm. Eher schien er ernsthaft besorgt um sein beknacktes Hörbuchportal. Möglicherweise verfluchte er bereits genau wie ich, dass das bescheuerte Schicksal uns wieder zusammengeführt hatte.

»Okay, pass auf: Die Schule ist vorbei, das hier ist das Berufsleben. Und wir haben ein Projekt zusammen, ob es dir passt oder nicht. Wir ziehen das jetzt ganz professionell durch. Respekt, okay? Gegenseitiger Respekt. Wir werden das Ding rocken. Ich geb dir jetzt die Handouts, da steht alles drin. Am Montag kommen die ersten CDs, und dann kannst du die ersten Hörbücher einpflegen. Mit Stockmann ist alles geklärt, für *Motorsportwelt* wird ein Praktikant kommen ...«

Das Wochenende verbrachte ich nahezu durchgängig damit, mich mit großen Mengen Alkohol und Gras in einem Zustand an der Grenze zum Wahnsinn zu halten. Am Samstagabend lief ich im *Roschinsky's* glücklicherweise Tine über den Weg, mit der ich schon ein paar Mal abgestürzt war, und kam in ihrem Bett wieder ein wenig runter.

»Ist eigentlich irgendwas mit dir, Torsten?«, fragte sie nach der ersten Nummer.

»Was soll denn sein?«

»Du hast mich eben gevögelt wie ein Irrer. Also, ich meine, du weißt ja, dass ich es etwas härter mag, aber das war jetzt echt grenzwertig. Wegen irgendwas bist du neben der Spur, das merk ich doch. Ich hab dich noch nie so fertig erlebt wie vorhin im *Rosch* ...«

Ich erzählte ihr die Hagen-Story, wobei ich volles Verständnis für meine Situation und meinen Wunsch nach sofortiger Kündigung erwartete. Tine jedoch hatte irgendein Sozialzeugs studiert und demzufolge eine ganz andere Sicht auf den Sachverhalt.

»Dein Ernst, Torsten?«

»Was?«

»Ich meine, *hallo?* Versteh ich dich richtig, du willst deinen Job hinschmeißen, weil du mit jemandem zusammenarbeiten musst, den du nicht leiden kannst? Wenn es danach ginge, wären fünfzig Prozent der Deutschen arbeitslos, glaub mir.«

»Aber der Kerl hat mein Leben zerstört!«, jammerte ich.

»Und genau deswegen wirst du jetzt stark bleiben. Du darfst nicht zulassen, dass dieser Mensch weiterhin Macht über dich hat. Das Büro von heute ist nicht das Klassenzimmer von damals. Wehr dich, Torsten! Geh meinetwegen zur Geschäftsleitung, vielleicht kannst du aus dem Projekt aussteigen. Und wenn nicht ... Zieh es durch, Mensch! Sieh das Ganze einfach als Chance, um endlich mit deiner Vergangenheit abzuschließen. Traumabewältigung, verstehst du? Du bist siebzehn Jahre vor deiner Vergangenheit davongelaufen, jetzt stell dich ihr endlich. Und ihm. Zeig diesem Hagen, dass du nicht mehr der Schwächling von damals bist, sondern ein cooler, intelligenter Typ, der was draufhat. Mensch, wie oft hab ich dir schon gesagt, für dich wäre beruflich so viel mehr drin als dieser Idiotenjob ...«

»Jetzt überschätzt du mich wieder.«

»Gar nicht. Torsten, dein Problem ist einfach, dass du keinerlei Achtung vor dir selbst hast. Alles nur ein Kopfproblem. So, aber jetzt mach's mir noch mal mit dem Mund, bevor du ins Koma fällst, du Sexgott ...«

Am Montag lagen die ersten Hörbücher auf meinem Schreibtisch. Um genau zu sein, war es ein ganzer Haufen Hörbücher, drei Riesenkartons randvoll mit CDs. Ich sah mir mal durch, wovon die *Alpha Content* sich »solide Erfolgsaussichten im Wachstumsmarkt Hörbücher« versprach: Schwedenkrimis, Comedy-Rotz à la Tommy Jaud, Ratgeber für ein erfolgreiches Berufsleben und viel Meditationszeugs. Sogar aus dem Erotikbereich war etwas dabei, ein BDSM-Sampler mit dem originellen Titel *Fesselnde Versuchung*. Mein Job bestand darin, die Audiodateien auf den Server hochzuladen sowie Texte und Grafiken einzupflegen. Im Hintergrund baute die IT zeitgleich die Website auf, in zehn Wochen sollte das Portal *live gehen*, wie es in der Branche hieß.

Mit Hagen selbst hatte ich glücklicherweise nur wenig zu tun. Mein Projektkollege stellte mir die Kartons mit den CDs hin und leitete mir Mails mit den Verlagstexten weiter, ansonsten gab es nicht viel zu bereden. Wie sich herausstellte, hatte ich sogar recht große Freiheiten, was die Bereitstellung des Contents betraf: So musste ich jede Inhaltsangabe zu einem knackigen

Teasertext zusammenkürzen, prägnante Hörproben herausschneiden und entscheiden, ob *Auf der Alm, da wird gejodelt* eher ins Erotik- oder ins Comedy-Genre einzusortieren war. Meine Lieblingsbeschäftigung jedoch war das Verfassen von Fake-Bewertungen, die dem Portal schon vorab den Anschein einer lebendigen Hörbuch-Community geben sollten. Nach und nach entwickelte ich für die Fantasieprofile sogar richtige Persönlichkeiten, *kolibri_berlin* war zum Beispiel ein kultivierter Krimi-Junkie, *Andy63* hingegen ein öder Unternehmensberater, der zwischen Management-Bibeln gern bei einer guten Erotik-Hypnose entspannte. Ich blieb oft bis in den frühen Abend in der Firma und sammelte erstmals seit anderthalb Jahren Überstunden. Meine neue Tätigkeit sprach sich schnell herum, und im Kollegenkreis begann man nach und nach, mich *Hörbuch-Torsten* zu nennen oder, was mir noch etwas besser gefiel, *Mr. Audiobox*.

»*Mr. Audiobox*, was macht denn unsere kommende Goldgrube?«

»Sag mal, habt ihr eigentlich auch was von Cecelia Ahern?«

»Kann ich mir vielleicht mal das Neue von Hape Kerkeling ausleihen? Bitte, *Mr. Audiobox!*«

Als ich eines Feierabends über meinem *Paderborner* an der Hafentreppe saß, versuchte ich mich an einer Einordnung. Meine Vorstellung von der Zukunft hatte lange Zeit darauf basiert, dass ich irgendwann reich und berühmt werden und somit Rache nehmen würde für das, was ich erlitten hatte. Als gefeierter Schriftsteller würde ich Romane über die Qualen meiner Jugend schreiben und auf den Preisverleihungen sogar lächelnd meinen Peinigern dafür danken, dass sie mir – unbeabsichtigt! – die Kraft gegeben hatten, meinen Schmerz in Kunst und schließlich in Erfolg zu verwandeln. Nun, mit fast dreißig, da es absehbarerweise nichts werden würde mit Reichtum und Ruhm, musste ein neuer Lebensentwurf her. Wie wäre es denn, wenn meine Rache darin bestünde, mit Hagen und der Vergangenheit meinen Frieden zu machen? Wenn ich es trotz allem schaffen würde, selbstbewusst meinen Platz neben meinem ehemaligen Todfeind einzunehmen? Vielleicht war es das, was Tine meinte: Alles nur eine Frage der Selbstachtung. Oder wie Hagen gesagt hatte: Die siebte Klasse war vorbei, das hier war das Berufsleben, und vielleicht war es ja wirklich an der Zeit, diese alten Geschichten endlich mal hinter sich zu lassen.

Ein paar Wochen später, ich war gerade dabei, dem *Audiobox*-Server die nicht weniger als sechzehn CDs der Bibel-Gesamtausgabe zu überantworten, stand plötzlich unsere Personalerin Helga an meinem Schreibtisch.

»Torsten? Hast du eine Minute? In meinem Büro, wenn's geht, jetzt gleich.«

Mir schoss das Sodbrennen in die Kehle. Besuche in der Personalabteilung waren in meinem Berufsleben bisher selten mit positiven Nachrichten verbunden gewesen. Möglicherweise hatte Hagen hinter meinem

Rücken bereits ein paar Steine ins Rollen gebracht, um dem Loser aus der *Quarta E* nach siebzehn Jahren noch mal einen reinzuwürgen, diesmal aber im ganz großen Stil ...

»Gute Nachrichten!«, verkündete Helga stattdessen freudestrahlend. »Wir haben ein positives Feedback von Lennart über deine Arbeit bei *Audiobox* gekriegt, offensichtlich seid ihr zwei ja ein gutes Team. Er hat uns grünes Licht gegeben, deinen Vertrag um ein Jahr zu verlängern.«

Das kam überraschend, denn mein Vertrag lief bereits zwei Jahre und hätte meiner Kenntnis nach in einen unbefristeten umgewandelt werden müssen, eine Verlängerung war unzulässig.

»Aber ...«, stammelte ich, »aus arbeitsrechtlicher Sicht ...«

»Gar kein Problem«, unterbrach Helga mich, als ob sie meinen Einwand bereits erwartet hätte, »da haben wir Personaler natürlich unsere Tricks. Wir ändern einfach deine Jobbezeichnung und führen dich unter *Projektbezogene Arbeitskräfte.* Du würdest dann als *Content Producer, Projekt Audiobox* laufen. Voraussetzung ist natürlich, dass der Investor in das Projekt einsteigt ... Aber daran hat, Stand jetzt, eigentlich niemand einen Zweifel. Also, gleich nach eurer Präsentation im Dezember kannst du unterschreiben.«

»Und das Gehalt?«

Blitzartig zerfiel Helgas Lächeln. »Na ja, Torsten, da lässt sich ehrlich gesagt leider wenig machen. Du weißt ja, die Zeiten sind hart, der Markt ist schwierig ... Der Vertrag wird zu deinen bisherigen Konditionen weiterlaufen.«

»Ah ja. Natürlich ...«

Tja, dachte ich, was sollte man schon von einem Schuppen wie *Alpha Content* erwarten. Andererseits: Ein weiteres Jahr als *Mr. Audiobox* sowie Ruhe vor den Schikanen des Arbeitsamtes, das klang schon verlockend.

Am Wochenende erzählte ich Tine postkoital von dem Angebot. Sie reagierte erstaunlicherweise wieder ganz anders, als ich erwartet hatte.

»Das wäre mal wieder absolut typisch, wenn du das annimmst.«

»Wieso? Dachte, du freust dich, dass ich endlich mal Bock auf 'nen Job habe.«

»Tu ich auch. Aber merkst du das nicht? Die versuchen eiskalt, dich übern Tisch zu ziehen. Besserer Job, mehr Eigenverantwortung, aber bei gleicher Bezahlung? Sorry, Torsten, willst du ewig mit deinem Praktikantengehalt rumkrebsen? Du wirst bald dreißig!«

»Ich hab halt geringe Ansprüche.«

»Ein geringes Selbstwertgefühl hast du! Du lässt dich doch wieder am Nasenring durch den Zirkus ziehen wie damals in der Schule.«

Wo hat sie denn die Metapher her, dachte ich. Andererseits: Irgendwie stimmig war das Bild schon, da musste ich Tine recht geben.

»Und was soll ich bitte schön tun?«

»Nachverhandeln. Mach ihnen klar, dass du nicht alles mit dir machen lässt. Kämpfen, Torsten, kämpfen! Zeig denen, dass du was wert bist!«

Die nächsten Wochen geschah wenig. Ich konnte mich schließlich doch nicht zu weiteren Gehaltsverhandlungen durchringen. Über Geld reden, das war einfach nicht mein Ding. Überhaupt, wer war ich schon, dass ich hier Ansprüche stellen könnte? Bis auf ein paar Semester Quatsch mit Soße ohne Abschluss und eine Handvoll Praktika hatte ich nicht mal eine richtige Ausbildung vorzuweisen. Ich war eine arme Sau und würde das wahrscheinlich auch bleiben, vielleicht war das einfach der Weg, den das Universum für mich vorgesehen hatte.

Eines Abends, außer mir war niemand mehr im Büro, nahm ich Hagens Schreibtisch in Augenschein. Die Tischplatte bog sich schier unter Ordnern, Mappen, CD-Hüllen und einem gewaltigen Zettelgebirge. Bei den anderen Führungskräften verhielt es sich ähnlich, ein vollgemüllter Schreibtisch sah nach Arbeit aus, wer an einem aufgeräumten Arbeitsplatz saß, erweckte schnell den Verdacht, nicht über alle Maßen *busy* und *booked* zu sein. Mein Schreibtisch war, bevor es mit *Audiobox* losging, immer derart leer gewesen, dass man bequem eine *Carrera*-Bahn darauf hätte aufbauen können.

Schließlich entdeckte ich zwischen dem Krempel ein kleines, golden gerahmtes Foto, das Hagen Wange an Wange mit einer jungen Frau zeigte. Interessanterweise war seine Freundin – er trug keinen Ring am Finger, also wohl nicht seine Frau – auf der Attraktivitätsskala ein oder zwei Klassen unter ihm angesiedelt, eine Durchschnittsblondine um die dreißig, wie ich sie meist ab fünf Uhr morgens im *Ex-Sparr* anzubaggern pflegte, wenn meine Ansprüche bereits gesunken und die Hauptgewinne vergeben waren. Ich erinnerte mich daran, wie Hagen einmal am Schüleraustausch teilgenommen und es fertiggebracht hatte, nach ein oder zwei Tagen seine französische Gastschülerin aufzureißen. Völlig geschockt beobachtete ich, wie er mit der brünetten Sexbombe filmreif an der Bushaltestelle herumknutschte, zum ersten Mal sah ich einen Zungenkuss aus nächster Nähe, es wirkte ekelhaft und faszinierend zugleich. »Der hat sie wahrscheinlich schon genagelt«, murmelte mein Kumpel Lars im Vorbeigehen, und ich fragte mich den Rest des Schultages, was genau mit diesem *Nageln* gemeint war, ich tippte auf eine extrem brutale sexuelle Spielart.

Jedenfalls: Im Vergleich zu seinem französischen Luxusmädel wirkte die Frau auf dem Foto beinahe bieder, sie sah aus wie eine Grundschullehrerin namens Monika oder Annemarie, die in ihrer Freizeit gern töpferte. Hagens Freundin sah glücklich aus, sie schien ihrem *Boyfriend* in liebevoller Loyalität verbunden zu sein. Wusste sie eigentlich, dass ihr Traumprinz als Teenager ein absolutes Arschloch gewesen war, ein mobbender, empathieloser Sadist? Wahrscheinlich nicht, und so würde sie ihn weiterhin lieben für seine Männlichkeit und seinen Ehrgeiz, seinen klaren Plan vom Leben und seine immerfort zupackenden Hände, von denen sie nie erfahren würde, was sie in den Neunzigern alles angerichtet hatten.

Dann kam die Weihnachtsfeier. Die *Alpha Content* gehörte zu denjenigen Firmen, die das alljährliche Saufgelage aus Kostengründen bereits für Ende November buchten. Wenn es nach Sparfuchs Berger gegangen wäre, hätten wir Weihnachten wahrscheinlich im August gefeiert.

Als *Location* diente wie schon im Vorjahr die *Ständige Vertretung*, ein Restaurant mit rheinländischem Einschlag, in dem statt Bier ein obskures Gebräu namens *Kölsch* ausgeschenkt wurde. Von den winzigen Gläsern im Reagenzglasformat brauchte ich ungefähr zwanzig, um in besinnliche Stimmung zu kommen, weswegen ich daheim mit Bier und Wodka vorglühte und erst gegen zehn auf der Bildfläche erschien. Dass ich so Bergers selbstgefällige Ansprache und die würdelose Buffetschlacht verpasste, waren angenehme Nebeneffekte. Im Prinzip waren mir firmeninterne Feierlichkeiten in jeglicher Form zuwider, die Aussicht auf einen Gratisvollrausch und deutlich vagere Aussichten auf einen Absturz mit Elena oder einer anderen attraktiven Kollegin hatten mich jedoch auch diesmal wieder vom Sofa gelockt.

Allein in der Tiefe des Raumes kippte ich zunächst eine Handvoll der Reagenzgläser und scannte die Szenerie. Wie erwartet befand sich die Mehrheit meiner

Kollegen in einem fortgeschrittenen Stadium der Betrunkenheit, einige führten bereits auf der winzigen Tanzfläche groteske Verrenkungen zu *Modern Talking* und *Backstreet Boys* aus, wobei längst nicht mehr klar war, ob ironisch getanzt wurde oder der musikalische Sondermüll wirklich den Geschmack der bedröhnten Meute traf.

Nach mühselig einverleibten anderthalb Litern rheinischem Spülwasser zog *Mr. Audiobox* schließlich in den Sesselbereich, solide planiert und bereit, Konversation zu machen. Dort jedoch bot sich mir ein unangenehmer Anblick: Doro und Elena hatten sich mit Hagen zu einer Gesprächsrunde zusammengetan, mein dämlicher Schreibtischgenosse Philipp, vom Kölsch bereits deutlich gezeichnet und tief in den Sessel gesunken, ergänzte den elitären Zirkel.

»Löscher!«, brüllte mir ein ebenfalls nicht mehr allzu nüchterner Hagen entgegen, »*Rakelsbusch Ultras!* Roll rüber, Kollege!«

»Ja, komm zu uns, *Mr. Audiobox!*«, lallte Doro, und Elena glimmerte einfach nur suffselig und glasigen Blickes vor sich hin.

»STOPP!«, unterbrach mich Hagens Organ, kaum dass ich mich auf die Runde zubewegt hatte. »Löscher, STOPP! Bevor du dich hinsetzt: Mach uns den *Dackelmann!*«

»Jaa-haaa, den *DACKELMANN!*«, kreischte Doro begeistert, anscheinend wissend, was Hagen meinte. »Los, To-hor-sten, wir wollen den Daaackelmann seeehn!«

Das Klassenzimmer wird vom Sonnenschein über-schwemmt, der Linoleumboden hat die Farbe von Oran-gensaft angenommen. Vollversammelt steht die Quarta E im Kreis um Hagen und mich zwischen den u-förmig angeordneten Tischen. Das ist kein Klassenraum mehr, es ist eine Arena. »Dackelmann, wir wollen den Dackel-mann!«, schallt es aus der Runde, während Hagen mich im Nacken gepackt hält, sein zangenartiger Griff macht jeden Versuch des Losreißens unmöglich.

»Du hörst es ja, Löscher«, ruft Hagen, »die Leute wollen den Dackelmann sehen!«

»Nein ...«, murmle ich und presse die Augen fest zusammen, damit die sich bereits dahinter sammelnden Tränen nicht durchsickern.

»Du hast die Wahl, Löscher! Entweder den Dackel-mann oder ich zieh dir hier vor allen die Hose runter, dass jeder deinen lächerlichen kleinen Schwanz sehen kann!«

Die Vorstellung dieser ultimativen, von Hagen schon oft angedrohten Demütigung bricht meinen Widerstand schließlich, ich gehe in die Knie, worauf Hagen sofort mei-nen Oberkörper runterdrückt, sodass ich wie ein waid-wundes Tier auf dem grässlichen Linoleum kauere. Wie Pisse, denke ich, es riecht wie Pisse ...

»Meine Damen und Herren, ich präsentiere den Dackelmann, die weltweit erste Kreuzung zwischen Mensch und Hund!«, brüllt Hagen. Das Publikum tobt, »Da-ckel-mann! Da-ckel-mann!«, skandieren meine Mit-schüler wie von Sinnen. Nur ein paar stehen stumm dabei, Merle oder Natalie zum Beispiel, wahrscheinlich mit einer

Mischung aus Abscheu und Faszination, aber niemand greift ein oder rennt zum Lehrer, der auch dieses Mal einfach nicht kommt, niemals kommt irgendjemand, um mich zu retten, wenn Hagen mich zum Dackelmann macht.

Mit fest geschlossenen Augen beginne ich nun meine Runde, krieche blind auf dem ekelhaften Boden herum, kriege kaum das geforderte Hundegebell heraus, nur ein erbärmliches Krächzen verlässt meinen staubtrockenen Rachen. Jetzt bitte nicht auch noch reiten, flehe ich innerlich, ich weiß gar nicht, ob zu Gott oder zu Hagen oder sonstwem, und während ich noch flehe, packt Hagen schon meine Haare, reißt meinen Kopf nach hinten und nimmt auf meinem Rücken Platz, »Schneller, Dackelmann! Schneller!«, schreit er, der Star der Manege, der Liebling der Massen, und ich will einfach nur noch zusammenbrechen unter ihm und der Welt, durch den Boden krachen will ich, verschwinden in einem schwarzen Nichts, und auf der anderen Seite des Erdballs auftauchen, in einem anderen Leben, einem anderen Licht.

Es war kaum zu ertragen, wie Hagen dort gebieterisch in seinem Sessel thronte mit seinen Gespielinnen zu jeder Seite und seinem Hofnarren, also murmelte ich etwas höchst Intelligentes wie »Heute nicht«, machte auf dem Absatz kehrt und flüchtete zurück an die Bar, das Gelächter von Hagen und seinem Gefolge im Rücken wie bissige Moskitos.

Das geht vorbei, sagte ich mir wieder und wieder, das geht vorbei. Ich erinnerte mich, dass ich diese Formel auch damals immer schon runtergebetet hatte, wenn mich Hagen und Co in der Mangel hatten: Die Aussicht, dass jede noch so schreckliche Qual einmal ein Ende haben musste, gab mir Kraft, sie durchzustehen.

Als ich ein paar Beruhigungsgetränke später vor die Tür trat, um eine zu rauchen, standen etwas abseits neben dem Eingang bereits Doro und Elena mit dem schlaksigen Schwulen aus dem Marketing, dessen Name mir entfallen war. Die drei hielten Kippen in der Hand, Doro in der anderen zusätzlich ein kleines Fläschchen, das aussah wie Nasenspray.

»Oooh, Torsten«, sagte Doro in einem mitfühlenden Ton und winkte mich heran, »sorry wegen vorhin. Du bist doch nicht sauer, oder? Lennart hat die Geschichte einfach voll witzig erzählt, konnten wir doch nicht wissen, dass du so empfindlich drauf reagierst ...«

»Schon okay ...«, brummte ich, obwohl gar nichts okay war, und zog eine Kippe hervor.

»Auch mal riechen?«, sagte Doro und hielt mir das Fläschchen unter die Nase.

»Was ist das, Poppers?«, fragte ich. Ein- oder zweimal hatte ich auf dem Kiez die in der Schwulenszene beliebte Droge probiert, bis auf temporäre Blödheit und Kopfweh aber keine besondere Wirkung feststellen können.

»Viel besser, das ist so was wie *Poppers 2.0!*«, erklärte der Marketing-Hannes. »Das ist *Safari*. Damit kann dir alles passieren!«

»Na, warum nicht«, antwortete ich, hauptsächlich, um vor Elena nicht wie ein Idiot dazustehen. Ich nahm das Wunderfläschchen und zog je eine kräftige Prise in jedes Nasenloch. Es roch, als würde man seine Nase in einen Tankdeckel stecken.

»Sachte, mein Lieber!«, warnte Mr. Marketing.

»Naaa? Geil, oder?!«, quiekte Elena, der die Gesichtszüge völlig entglitten waren. Die doch gar nicht so eisige Elena, dachte ich. Vielleicht würde heute ja wirklich noch *alles passieren* ...?

Es überrollte mich wie ein Güterzug.

»Das-das ist-ist echt-echt so-so wie-wie schweben-schweben«, vernahm ich Doros Stimme. Heilige Scheiße, ich hörte alles doppelt. Die Gesichter, die Lichter, alles verschwamm und verklumpte und matschte ineinander. Eine Safari hatte ich mir irgendwie entspannter vorgestellt. Es war, als würde jemand mein Gehirn von innen auswringen wie einen nassen Lappen. Benzin, alles roch nur noch nach Benzin.

»Ganz-ganz gut-gut, aber-aber ...«

Ich versuchte, eine entschuldigende Geste zu machen, wobei ich wahrscheinlich nur wirr mit den Armen ruderte. Mein Versuch eines halbwegs souveränen Abgangs misslang völlig, denn offenbar hatte jemand meine Beine durch Räder ersetzt, ich lief nicht, ich rollte, schoss wie ein brennender Zug auf den Abgrund zu, welcher sich schließlich als Treppe zu den Toiletten entpuppte. Glücklicherweise war ich dort unten allein, keine Ahnung, wie ich den Abstieg ohne Knochenbrüche bewerkstelligt hatte. Meine Motorik war komplett aus den Fugen. Irgendwie schaffte ich es, mich zu erinnern, wie ein

Wasserhahn funktionierte, und hielt meinen glühend heißen Schädel unter den Strahl.

Als ich in den Spiegel aufschaute, sah ich verändert aus. Jünger, viel jünger. Meine Güte, was war das? Das war nicht ich, die Gestalt dort im Spiegel. Ich blickte ins Gesicht eines Kindes, vielleicht elf oder zwölf Jahre alt. Der Junge starrte mich wütend an.

»Du Arsch«, zischte er, »du blöder, saublöder Arsch.«

Bis ich kapierte, brauchte ich einen Moment. Ich kannte das Gesicht von Kinderfotos. Der schreckliche Pisspottschnitt, die mehlig-bleiche Haut, auf der sich erste Pickel ankündigten, und dieser zornige, alles hassende Blick, die finsteren Augen, die nach innen gerichtet zu sein schienen. Das war ich, mein zwölfjähriges Ich.

»Ich spinne«, stammelte ich, »ich bin komplett durchgedreht ...«

»Und wie, Torsten Löscher«, lachte mein Spiegelbild, »du hast total einen an der Klatsche.« Seine Stimme klang wund und heiser, sie schwankte zwischen quietschendem Sopran und knarzendem Bass. Stimmbruch im Endstadium. Du lieber Himmel, hatte sich das wirklich so peinlich angehört damals?

»Wenn hier einer peinlich ist, dann ja wohl du«, sagte mein Spiegelbild. Na super, dachte ich, jetzt kann der Typ auch noch Gedanken lesen.

»Natürlich kann ich das. Ich bin schließlich du.«

»Und was willst du von mir?«, fragte ich etwas stumpf.

»Dass du aufhörst, dich wie ein Idiot zu verhalten. Ich bin echt schockiert, was du aus mir, was du aus *uns* gemacht hast. Guck dich doch an!« Er verzog angewidert die Mundwinkel. »Ein versoffenes Stück Scheiße bist du. Aber das wirklich Schlimme ist, dass du kein bisschen Stolz hast. Null Selbstachtung.« Jetzt grinste er plötzlich. »*Mr. Audiobox* ...« Er betonte den Namen verächtlich und kicherte heiser, es klang wie ein irres Krächzen.

»Halt dein Maul ...«, erwiderte ich und klatschte mir schnell ein paar Spritzer Wasser ins Gesicht. Ich musste unbedingt wieder klar werden. Bei meinem Glück würde gleich ein Kollege die Treppe runterkommen und mitkriegen, dass ich mich hier stoned mit meinem Spiegelbild unterhielt.

»Immer noch ganz der Alte, wie 1992. Immer noch Hagens Sklave.«

Verdammt, diese Milchsemmel war nach wie vor da.

»Halt dein dummes Maul«, fuhr ich ihn an, »du hast doch gar keine Ahnung! Ich hab das Beste aus der Situation gemacht. Hey, ich hab 'nen Job, und den mache ich echt gut!«

»Wow, CDs in einen Computer schieben und Texte von A nach B kopieren!« Er klatschte spöttisch Beifall. »Ich bin echt beeindruckt, Torsten. Ist das jetzt das gute Leben, mit dem wir Rache nehmen wollten? Das große weiße Haus und die wunderschöne Frau? Der Swimmingpool, der Ferrari? Du erinnerst dich?«

Ich erinnerte mich natürlich daran, wie ich mir mit zwölf meine Zukunft ausgemalt hatte. »Es läuft im Leben nun mal nicht alles nach Plan. Aber was weißt du schon, du bist gerade mal zwölf …«

»Ich weiß eine Menge. Und du, weißt du, was du bist? Der *Dackelmann*. Das bist du immer noch, auch heute, siebzehn Jahre später. Machst die Sklavenarbeit für den, der unser Leben zerstört hat, zu einem absolut lächerlichen Gehalt, und Hagen und Helga und Elena lachen sich hinter deinem Rücken den Arsch ab. Los, Torsten, auf die Knie! Mach uns den Dackelmann, Torsten!«

»Schnauze!«, brüllte ich und merkte zu meiner Überraschung, dass ich die Hand zur Faust geballt hatte, zum Schlag bereit.

»Mensch, Torsten. Schlag zur Abwechslung mal nicht dich selbst, sondern den, der es wirklich verdient hat.«

»Was … *Hagen?*«

»Wen denn sonst, du Idiot?«

»Ich bin Pazifist.«

»Ich meine doch auch nicht *so*. Erstens bist du ein Schwächling, und zweitens ist das doch unter unserem Niveau. Lass dir was einfallen.«

»Was einfallen? Wofür?«

»Für deine Rache, Torsten. *Unsere* Rache. Die Zeit ist reif. Du wirst mich endlich rächen, *uns* wirst du rächen. Erst dann bist du frei.«

»Aber … Wie soll ich denn …«

»Deinem versoffenen Hirn wird schon was einfallen.«

Plötzlich erklang eine andere Stimme hinter mir: »*Mr. Audiobox*, alles klar?« Stockmann stratzte sicheren

Schrittes an mir vorbei zu den Pissoirs. Er gehörte zu dieser rätselhaften Spezies, die auch ohne Alkohol Spaß haben konnte. »Ganz gute Party, oder?«

»Äh. Party, ja...«

Im Spiegel war auf einmal wieder ich zu sehen – beziehungsweise mein neunundzwanzigjähriges, ramponiertes Ich. Die Wirkung der dubiosen Droge war verpufft, wie sie gekommen war. Ich verließ die Feier und marschierte zu Fuß durch die schneidend kalte Novembernacht, immerhin fünf Kilometer, aber in meinem Kopf bestand eine Menge Klärungsbedarf.

Am Montag verabredete ich mich mit Heiko, dem Admin unseres Content Management Systems, zu einer Zigarettenpause.

»Wie ist das eigentlich bei *Audiobox*, lassen sich frühere Versionen einzelner IDs wiederherstellen?«, fragte ich.

»Du meinst ein Backup? Nein, haben wir nicht. Frisst zu viel Kapazität aufm Server. Machen wir wahrscheinlich erst, wenn das Teil live geht.«

»Okay. Ach, und sag mal … Ist doch irgendwie nervig, euch jedes Mal ein Ticket zu schreiben, wenn ich den Header updaten will. Könnte ich da nicht auch 'ne Berechtigung für haben? Also, dass ich selbst auch mal an den Quellcode rankomme? Bisschen HTML kann ich ja.«

»Klar, wieso nicht. Bin ich eh für, dass die Content Agents so was selber machen.«

»Cool, besten Dank …«

Die nächsten Tage werkelte ich noch bis in den Abend hinein an *Audiobox*, feilte an Texten, bastelte Banner und optimierte die Headergrafik. Jetzt machte sich endlich bezahlt, dass ich mir für meine diversen und allesamt erfolglosen privaten Online-Projekte im Selbststudium recht solide Kenntnisse in *Photoshop* angeeignet hatte. Am Donnerstagabend, wir waren die Letzten im Büro, kam Hagen mit ungewohnt langsamen Schritten an meinen Tisch.

»Na, Torsten, für morgen steht dann so weit alles? Dann rocken wir das Ding mal so richtig, oder?«

»Klar.«

»Was ich noch sagen wollte ...« Er guckte etwas nervös zur Seite und fing an, an seinen Fingernägeln herumzuspielen. Das hatte er schon früher immer gemacht, wenn er an der Tafel stand und nicht weiterwusste, in diesen seltenen Momenten, in denen Lennart Hagen so etwas wie Schwäche zeigte. »Also, ich weiß ja, dass wir früher auf der Schule ein paar Probleme miteinander hatten. Und deswegen finde ich's echt gut, dass du so 'ne professionelle Einstellung entwickelt hast. Du hast hier echt gute Arbeit gemacht. Und ich meine, wir ... Wir sind doch echt 'n ganz gutes Team, oder?«

»Ja, sicher. Natürlich.«

Was sollte diese plötzliche Gefühlsduselei? War er in Sorge, dass ich die Präsentation versauen würde? Immerhin hing seine Festanstellung maßgeblich vom Erfolg des Projekts ab. Oder plagten ihn nun, nach all den Jahren, vielleicht doch Schuldgefühle? Hagen schien selbst zu merken, dass diese emotionale Schiene nicht seiner Rolle entsprach, und wechselte schnell wieder in den Managermodus.

»Also dann um neun, bitte absolut pünktlich sein, besser zehn Minuten früher. Das Präsentieren übernehme komplett ich, du musst letztlich nur was sagen, falls du direkt angesprochen wirst.«

»Ja, klar.« Herrgott, dachte ich, sag doch einfach geradeheraus, dass ich meine unqualifizierte Klappe halten soll.

Am Abend hielt ich mich trinktechnisch einigermaßen zurück, ich musste für den großen Tag fit sein, und ging wieder und wieder den Ablauf durch. Die Kombination aus Nervosität und unzureichender Alkoholzufuhr hatte natürlich eine weitgehend schlaflose Nacht zur Folge, das Adrenalin aber ließ mich am Morgen keinerlei Müdigkeit spüren. So fühlten sich also Soldaten vor der entscheidenden Schlacht. Ich erschien bereits um halb acht in der Firma und bereitete alles vor.

Berger schlug nahezu pünktlich auf die Sekunde im Großraumbüro auf, im Schlepptau die Investoren, drei Männer um die fünfzig in sehr dunklen Anzügen. Auch Hagen hatte sich dem Anlass entsprechend in Schale geworfen, nur ich (meine Garderobe bestand im Wesentlichen aus schwarzen T-Shirts und ein paar karierten Hemden) kam im alltäglichen Büro-Look, was mir von Hagen einen abschätzigen Blick einbrachte.

Die Fenster des Konferenzraums waren nach Osten ausgerichtet, wo eine trotzige Dezembersonne aufging, dünne Fäden aus Sonnenlicht bohrten sich durch die Lamellen der Jalousie, es sah aus, als würde der Raum von Laserstrahlen durchsiebt. Hier also würde es stattfinden, hier würde es eine Entscheidung geben. Da ich kurz vor knapp noch einige wichtige Updates hochladen musste, betrat ich als Letzter die Szenerie.

Während sich Hagen mit Laptop und Beamer abmühte (ich hatte in meinem Berufsleben kein Meeting erlebt, bei dem Laptop und Beamer keine Probleme machten), hielt der offenbar Wichtigste der drei Wichtigen einen Monolog über Chancen und Risiken im *Wachstumsmarkt Audio Content*. Bemerkenswerterweise ging von ihm keinerlei würdevolle oder gar majestätische Aura aus, ebenso gut hätte er als Verkaufsleiter in einem Autohaus in Neumünster tätig sein können. Er war letztlich wie alle Vertreter der Gattung *Machtmensch*: Ein selbstgerechter, inkompetenter Schwätzer, der mit Anglizismen um sich warf.

Dann hatte Hagen seinen großen Auftritt. Er war bestens vorbereitet, das musste man zugeben. Mit fester Stimme präsentierte er sich und sein Projekt wie ein erfahrener Showmaster, er hatte es wirklich drauf, ein Produkt zu verkaufen. Schließlich war der feierliche Moment da, er tippte das Passwort ein und ließ den Zeigefinger im Zeitlupentempo auf *Enter* sinken. »Meine Herren, ich präsentiere Ihnen das kommende Schwergewicht unter den Hörbuchportalen: *Audiobox.de!*«

Dann Stille.

Irgendwer räusperte sich deutlich, ob vor Schreck oder mit Absicht, war nicht ganz herauszuhören. Hagen stand einige Sekunden vor der Leinwand wie in Gips gegossen, Mr. Wichtig murmelte irgendetwas in Bergers Ohr, von dem ich nur »... etwa ein Scherz sein?« und »... nicht richtig gebrieft?« verstand. Ich hingegen bemühte mich um einen neutralen Gesichtsausdruck, obwohl mein Werk mich innerlich mit tiefster Zufriedenheit erfüllte. In ausdrucksstarken Farben (viel Pink, Lila und Schwarz) und einer Schriftart, die man auch *Körperverletzung* nennen konnte, prangte das Ergebnis unserer wochenlangen harten Arbeit über den Köpfen der Jury:

AUDIOBOX – Lausch dich wuschig!
Das frech-frivole Portal
für knisternde Audio-Erotik

»Das, äh ... Also, das ist jetzt ...«, eierte Hagen herum, »hier liegt offenbar ein technisches Problem vor!«

Als Begrüßungsbild hatte ich das Stockfoto eines braun gebrannten Herren in Tigerslip und offenem Bademantel gewählt, der sich unter riesigen rosa Kopfhörern auf einer Ledercouch räkelte, ein Anblick, der bei den Anwesenden augenscheinlich für blankes Entsetzen sorgte. Hagen fuhr herum und glotzte blöd in die Runde, sein souveräner Gesichtsausdruck war komplett auseinandergefallen, als hätte man sein Porträt in Fetzen gerissen und schief wieder zusammengesetzt. *Technisches*

Problem, das war ja noch besser als alle Reaktionen, die ich mir ausgemalt hatte. Jetzt konnte ich ein dezentes Grinsen doch nicht unterdrücken. Schließlich drehte sich Hagen zu mir, der Blick war wirr, irgendwo zwischen hilfesuchend und hasserfüllt. Wahrscheinlich kapierte er gerade in diesem Moment, wofür ich meine Überstunden der letzten Tage wirklich genutzt hatte, vielleicht führte sein Gedankengang auch schon weiter, zurück in die Vergangenheit, in die Klassenräume und Schulklos der frühen Neunzigerjahre, vielleicht begann er in diesem Moment zu verstehen.

»Würden Sie das bitte freundlicherweise erklären, Herr Hagen?«, sagte Berger mit seltsam tonloser Stimme, er sah aus wie jemand, der in Kürze einen kaltblütigen Mord begehen würde.

»Also, das ist …«, stotterte Hagen konfus, »das ist jetzt natürlich nicht die endgültige Version der Seite, da ist wohl irgendetwas schiefgelaufen. Geben Sie uns eine halbe Stunde, und wir können …«

»Eine halbe Stunde, ernsthaft?«, unterbrach ihn Mr. Wichtig. »Sie machen mir Spaß, glauben Sie, wir sind nur für *diesen* Termin nach Hamburg raufgekommen? Unser Zeitplan ist straff getaktet, um siebzehn Uhr muss ich wieder in Frankfurt sein.« Er hielt demonstrativ seine überdimensionierte *Rolex* in den Raum, einen Todesstern von einer Uhr, die wahrscheinlich das Fünfzigfache meines Bruttogehalts gekostet hatte. »Wissen Sie, ich habe mir im Laufe der Jahre angewöhnt, einen Pitch immer aus dem Bauch heraus nach einem

Sternchensystem zu bewerten, wie bei *Amazon*, auf einer Skala von einem bis fünf Sternen. Dieser Jux hier hat nicht mehr als null von fünf Sternen verdient. Und jetzt entschuldigen Sie uns bitte ...«

Hagens Gesicht ist ganz dicht vor mir, aber diesmal ist alles anders, die Perspektive hat sich gedreht: Ich bin über ihm, sein blutverschmierter Kopf liegt auf dem Linoleum, ein Kranz aus roten Spritzern hat sich um ihn gebildet, während ich wieder und wieder auf ihn eindresche. Die Klasse tobt und kreischt, dreißig Münder feuern mich an: »*Torsten, Torsten! Mach ihn fertig! Mach ihn alle, Torsten!*«, *und das mache ich, das mache und mache und mache ich.*

Berger schloss sich den Herren in Schwarz sofort an, hysterisch Phrasen wie »interne Aufarbeitung« und »eine für beide Seiten verträgliche Lösung finden« abfeuernd. Noch in der Tür wies er Hagen mit seinem Daumen den Weg Richtung Flur: »Sie warten in meinem Büro, Herr Hagen.«

Hagen folgte bei Fuß, aber nicht, ohne sich noch einmal zu mir umzudrehen. »Löscher«, zischte er, bebend vor Hass, er sah aus, als versuche er mit aller Macht, Blitze aus seinen Augen zu schießen. »Du wirst mich noch kennenlernen, Löscher.«

»Das habe ich schon, Hagen.«

Das Letzte, was mein alter Feind von mir sah, war mein Mittelfinger, gerade und stark wie ein Ausrufezeichen. Hagen zuckte kurz zusammen und ballte die Faust, als würde er gleich über den Konferenztisch hechten und mir eine Lektion erteilen, dann aber rief ihn Bergers gereizte Stimme zu sich. Mit einem letzten schnaufenden Geräusch verließ Hagen das Schlachtfeld, den Ort seiner Niederlage. Nun war ich allein mit dem beständigen Surren des Beamers, der immer noch die frivole Startseite an die Wand warf, mit dem Mann im Bademantel, der zufrieden auf mich herabgrinste, im Einklang mit sich und der Welt, und zum vielleicht ersten Mal seit siebzehn Jahren war ich das auch.

Ich packte meine zwei oder drei Sachen und verließ die *Alpha Content KG*, ohne mich von jemandem zu verabschieden. Dieses Kapitel meines Lebens war beendet, nach meiner wohlverdienten Krankschreibung würde ein neues beginnen. Draußen empfing mich der Wintertag mit unerwarteter Wärme, als habe die Sonne zur Feier des Tages ein paar Tausend Kelvin draufgepackt. Menschen in Businessklamotten wuselten an mir vorbei durch den Vormittag, nicht ahnend, was in dem uralten Gebäude hinter mir gerade vor sich gegangen war.

Als ich noch einen letzten Blick auf die Gedenktafel am Eingang werfen wollte, war diese plötzlich verschwunden. Und nicht nur das: Das ganze Firmengebäude war nicht mehr da, stattdessen ragte jetzt hinter mir der Sechziger-Jahre-Klinkerbau des Gymnasiums Rakelsbusch auf, stumm und asbestverseucht vor sich hin leidend wie eh und je. Vor mir lag der Weg zur

Bushaltestelle, beiderseitig von Pappeln gesäumt, ein leises Blätterrauschen lag in der Luft, und die Bäume flüsterten – was flüsterten sie? *Du bist frei, Torsten, jetzt bist du frei.* So ging ich noch einmal den Weg zum Bus, Torsten Löscher, Schüler der *Quarta E*, ich lief mit weiten Schritten, während das Schulgebäude hinter mir immer kleiner wurde und schließlich verschwand.

Ringo Trutschke

Raketen werden fliegen

Roman

Kiel, zu Beginn der Zweitausenderjahre: Der chaotische Student Nico träumt davon, mit seiner Band *Galaktika* die Charts und das Herz der schönen Krissi zu erobern. Doch Kiel-Brunswik ist nicht Berlin-Kreuzberg und schon gar nicht Berkeley, Kalifornien: Statt der ersehnten Rockstar-Karriere erwarten ihn Kleinkonzerte in griechischen Gaststätten und linksalternativen WGs, Bandproben auf Bauernhöfen und peinliche Frustbesäufnisse. Dann aber soll beim Talentwettbewerb auf der *Kieler Woche* die beste Nachwuchsband der Stadt gekürt werden – Nico und seine Freunde wittern ihre große Chance ...

Ringo Trutschke: *Raketen werden fliegen*
BoD – Books on Demand, Norderstedt 2020
Taschenbuch, 272 Seiten
ISBN 978-3-7519-7819-4